娑恋

马秀川 著

陕西新华出版
太白文艺出版社·西安

图书在版编目（CIP）数据

姿态 / 马秀川著. -- 西安：太白文艺出版社，2023.8
　ISBN 978-7-5513-2128-0

　Ⅰ.①姿… Ⅱ.①马… Ⅲ.①散文集－中国－当代 Ⅳ.①I267

中国版本图书馆CIP数据核字(2022)第165352号

姿态
ZITAI

作　者	马秀川
责任编辑	薛　伟　何音旋
封面设计	周　波
版式设计	悠乐华文化传媒
出版发行	太白文艺出版社
经　销	新华书店
印　刷	西安市建明工贸有限责任公司
开　本	787mm×1092mm　1/16
字　数	140千字
印　张	18.5
版　次	2023年8月第1版
印　次	2023年8月第1次印刷
书　号	ISBN 978-7-5513-2128-0
定　价	68.00元

版权所有　翻印必究
如有印装质量问题，可寄出版社印制部调换
联系电话：029-81206800
出版社地址：西安市曲江新区登高路1388号（邮编：710061）
营销中心电话：029-87277748　029-87217872

序言

拾到篮篮的都是菜

高建群

志丹是陕北的一个县名。它原来的名字叫保安县，后来为纪念刘志丹将军，更名为志丹县。红都保安是个有名的地方，中共中央落脚陕北以后，曾较长时间将这里作为临时首都，毛泽东同志在写给第一个投奔陕北苏区的作家丁玲的诗中说"保安人物一时新"，这个"保安"说的就是志丹县。

说起志丹，于我也是有恩的。我的《最后一个匈奴》完稿时，就是在志丹县永宁山子午岭的那个林场。而后来小说拍成电视剧《盘龙卧虎高山顶》时，有许多的场景，亦取自永宁山这座奇异而突兀的、峥嵘万状的山岗。

志丹县的一个写作者，将他多年来的作品整理成集，要出一本书。他托报社记者将书稿拿给我，嘱我在该书付梓前，在书的前面说上一段话。出于对志丹的感情，出于对这位写作者的敬意，我欣然地接受了这个任务。

一地一域，总有那么或几个、或一批热爱文化、敬畏文化的人，马秀川就是这些人中的一个。我在许多场合说过，中华文明薪火相传，所依靠的正是这些散布在中国广袤大地上的业余的文化人，他们构成了我们文化的基础。

秀川的文章一部分来自对游历的记录和体验。登高望远，抚今怀古，赋诗作文，这历来是墨客骚人的一贯做法。秀川也不例外，他或西北望山，或东南涉水，并用一支笔记录下了自己的步履印记。

一部分文章，则是记录亲情，记录友情，记录人性中那些美好的东西。这一类文章我最喜欢。因为草根百姓身上的那些闪光点，更可敬和美丽。

还有一部分文章，则是作者写他对家乡的热爱和礼赞，写他对工作的思考和对时代变迁、社会进步的由衷喜悦。作者生活和工作的环境毕竟是在一个有着深厚历史积淀的地方，一个产生英雄与史诗的地方。他有许多东西可写。

我热烈地祝贺马秀川这本作品的出版。从工作简历上看，他在基层工作已经多年了，在文学这个行当也默默耕耘了多年。老百姓说"拾到篮篮都是菜"，因为他的丰富的基层阅历和多年的笔耕不辍，终于有了该书的面世。

窗外阳光明媚，西安已经是仲春了。在那群山包围中的志丹县，山桃花也该是漫山遍野开放、重来报告春的消息了。

最后，借这个机会，问候我所有的陕北的朋友们。

是为序。

2013年3月7日　西安

目 录

城事

小城故事多 …………………………………… 003
再谒志丹陵 …………………………………… 007
将军广场记 …………………………………… 017
秧歌的变迁 …………………………………… 021
夏季到东岭去看绿 …………………………… 024
重回安兴庄 …………………………………… 027
我为他们祝福 ………………………………… 034
难忘的欢聚 …………………………………… 038
飞雪迎春 ……………………………………… 041

温度

怀念父母 ……………………………………… 047
怀念大姐 ……………………………………… 052
怀念大师 ……………………………………… 058
陪父亲走南梁 ………………………………… 063
致我们远去的芳华 …………………………… 069

姿 态

致敬季羡林 …………………………………… 073
一盒红塔山 …………………………………… 076
雨伞 …………………………………………… 079
词典·字典 …………………………………… 082
干拌面风波 …………………………………… 086
兄弟情结 ……………………………………… 090
今夜难眠 ……………………………………… 096
清明节放假 …………………………………… 098
人过四十不学艺 ……………………………… 102
堵 ……………………………………………… 105

行 吟

济源拜水 ……………………………………… 111
神奇的猫巷 …………………………………… 114
乐山礼佛 ……………………………………… 118
庐山探幽 ……………………………………… 122
韶山朝觐 ……………………………………… 125
漫步齐鲁大地 ………………………………… 129
鲁迅故里行 …………………………………… 140
武侯祠 ………………………………………… 152
走进北疆 ……………………………………… 157
青城山 ………………………………………… 168
黄果树瀑布 …………………………………… 171
镜泊湖游记 …………………………………… 175
拜谒中山陵 …………………………………… 180

走过桂林 …………………………………… 185
梦断长影 …………………………………… 189
情系碧云寺 ………………………………… 193
深圳你好 …………………………………… 200
旬邑印象 …………………………………… 204
再过汉中 …………………………………… 211
拜谒乾陵 …………………………………… 216
国庆纪行 …………………………………… 222
初夏过金丁 ………………………………… 231
苦难的历程 ………………………………… 236
再访大槐树寻根祭祖园 …………………… 240

所思

观"英雄史诗，不朽丰碑"记 …………… 247
我也说一说《夺冠》……………………… 252
观《周恩来回延安》有感 ………………… 255
再读《拿来主义》有感 …………………… 258
观"铭记伟大胜利　捍卫和平正义"记 …… 261
位卑未敢忘忧国 …………………………… 264
感悟《"人"证》………………………… 267
读《决定命运的成绩单》有感 …………… 271
只有擦亮自己　才能照亮别人 …………… 275
癸卯随感 …………………………………… 280

跋文 ………………………………………… 285

城事

城事

小城故事多

记忆中家乡的小城——红都保安街道只有一条，俗称头道街，现在改称保安街。20世纪70年代中期，建了一条宽阔笔直的红都街，也叫二道街。当时，从县委大院往北是一条南北走向的深沟，西边是县中学，东边是县医院。保安市场那里也是一条大沟，通向周河。现在的工商银行所在的位置那时是一个硕大的土岗，四周散住着几户人家。

我之所以有这样深刻的记忆，是因为我家就在城北，每日去市镇小学读书，从这一条大沟走过去是捷径。我见证了小城的变迁，参与过小城的建设。许多人都记得"学工学农又学军"的年代。在修建红都街时，干部、市民、学生每天都必须交回两张"土票"，证明你今天往这两条沟

> 姿态

填了两架子车的土。那时架子车真多，每个班至少有两辆，这么做是为了学农需要。

那时的小城人很少，谁家住哪里、有几个孩子，住在小城里的人都会如数家珍……如今的小城发生的巨变用"翻天覆地"来形容，是再恰当不过的了。

小城的早晨，天空是经典的蓝色。这不仅说明大气污染治理卓有成效，而且更彰显了人们生活水平的提升。毫不夸张地讲，小城大多数的家庭告别了用柴火或煤做饭，许多楼房在修建时索性就不再设计烧柴火或煤的土灶台和烟囱。晨练的人群中，老年人不再是主流，有了更多的中青年人加入。新修的体育场挤满了锻炼的人，有的人则选择爬山，因此小城的两山新修的景观亭成了人们又一个活动的好场所。

"那里有着我们多年期盼的绿色"，我听几个老年人这样说。从前年年植树造林，但两山仍然是光秃秃的。我退下来后的两三年，两山都变成了绿色的海洋，过去几十年栽树的成活率还不如这两三年的多，说明现在的植树技术是真的很先进了。

小城高楼大厦鳞次栉比，着实让小城人扬眉吐气。一位好友去西安学习，向同学们说起小城有高层建筑，许多人都不信。说实话，如果我不是住在小城，我也不信。但事实就是越来越多的高层建筑拔地而起，走进我们的视野。

小城人的衣着档次和华丽程度也今非昔比。罗蒙、利郎、杉杉等国内知名品牌和皮尔·卡丹、金利来、法派等世界名牌纷纷落户小城。女孩们的服饰更是变得鲜艳夺目、美轮美奂，让人目不暇接。

小城人饮食习惯的改变是令人感受最深的。过去小城人过年才能吃到的美味佳肴，早已成了家常便饭。酒店里的年夜饭还得早早预订，虽不敢说国内知名菜品在小城都有，但也确实是相当丰富。过去小城里上年纪的人不愿上酒店吃饭，怕人说家里"没安锅"。如今去酒店吃饭，老年人比年轻人跑得还快。

小城人过去在出行方面有这样一首顺口溜：县级领导帆布篷（吉普车），科级干部130（工具车）、乡镇领导乘

> 姿态

东风（大货车）、村上干部两脚蹬（自行车），广大群众靠步行。如今再看小城人的"坐骑"，打的、乘公交再寻常不过，能看到一个骑自行车的还是稀奇。而且各种牌子和款式的家用小汽车越来越多，车管所在册登记的小汽车近3000辆。

小城的夜晚是最美好的时刻。五光十色、纵横交错的霓虹灯，把夜晚的小城打扮得犹如一座现代化大都市；前后两个广场挤满了休闲纳凉的人，有看电视的，有扭秧歌的，有跳交谊舞的，有下棋玩牌的……

小城故事真多，多到让我说不完。正如邓丽君歌中所唱：小城故事多，充满喜和乐。若是你到小城来，收获特别多。看似一幅画，听像一首歌。请你的朋友一起来，小城来做客。

| 城事 |

再谒志丹陵

　　志丹陵坐落在志丹县城东北的浅山坡上，我的家就在陵园的旁边。有朋自远方来，我会带他们走进陵园；茶余饭后，心烦气躁时，我会走进陵园；心情舒畅、春风得意之时，我更会走进陵园。陵园是我再熟悉不过的地方，作为老志丹人的我，是志丹陵几次大规模扩建修缮的见证者，这里承载了我童年的许多美好记忆。志丹陵园在我的长辈心中是神圣的。小时候每当我闯祸，要被家人责罚时，只要我跑进陵园，便可消灾免难。现在想来，长辈们之所以不在陵园内惩罚闯祸的我，完全是出于对刘志丹将军的爱戴与敬意。

　　我这个志丹人，有过无数次把志丹陵介绍给世人的想

| 姿态 |

法，但苦于自己无舞文之才，也就只是想想而已。但也正是这一苦苦难圆的夙愿，促使我增添了几分弄墨之好。

时值刘志丹将军牺牲70周年，小山城兴起了学习刘志丹革命精神的热潮。在这一热潮的牵引下，我虔诚走向城东北，再谒志丹陵。

穿过陵园广场熙熙攘攘的人群，镶嵌在三开间牌楼大门上方的"刘志丹烈士陵园"7个金光闪闪的大字便映入我的眼帘，这是著名书法家舒同先生在1990年初建牌楼时题写的。牌楼是典型的中式仿古结构，上部为绿色琉璃瓦单檐翘角，下部为石灰岩细錾压缝而成，两尊威严的石狮蹲在大门两侧，迎送着来来往往的拜谒者。我沿着青石块铺就的石阶而上，陵园犹如一幅巨大的画卷，自下而上徐徐展开。

经过牌楼便是宽敞整洁的迎宾大道，两旁是新栽的松树，郁郁葱葱，花草点缀其间。大道尽头是刘志丹将军的青色花岗岩雕像，两侧分别矗立着毛主席亲笔题写的"群众领袖"和"民族英雄"的石碑，这是伟大领袖毛主席在纪念刘志丹将军牺牲7周年时的题词。看着安详沉思的将军雕像，我不由得想起雕像安放时的往事：为了防止顽童攀登雕像，雕像管理者们围起一圈铁栅栏。没过几天，便有一位仁者在报纸上大声疾呼："你们这是把将军圈在铁栏中，让他与群众分开、远离人民！"经此一呼，铁栅栏不见了，留下的便是基座上几个清晰可辨的栅栏柱坑。

绕过雕像，后面依旧是一条由青石块铺成的台阶路。它由9组大台阶、36根柱子、33级小台阶构成，其意是1936年，时年33岁的将军离我们而去。路右面是花圃，左边是1983年增修的刘志丹将军革命事迹陈列室。

走向志丹陵院，我的心情异常沉重。缅怀着刘志丹将军为了中国革命那短暂而辉煌的一生，抚摸着路两边矮墙上镌刻的浮雕，数着脚下的台阶，我缓缓来到陵院的门前。这是志丹陵院的第二道门，圆形拱门的门楣上方写着"志丹陵院"4个大字。

陵院外形方方正正。院内松柏参天、四季常青，为陵院增添了几分庄严和肃穆。迎着院门是毛主席题写的"革

| 姿态 |

命烈士纪念牌",其后是中共中央书记处对刘志丹将军丰功伟绩的评述碑。陵院中央是一座高大的纪念碑亭,四角有4座小碑亭,两侧分别是两条新修的碑廊,后面是纪念堂。

高大的纪念碑亭由两层平台组成,12根巨柱将亭顶的琉璃瓦翘角挑檐高高擎起,亭顶覆橘黄色琉璃瓦,顶脊油漆彩绘合角吻垂兽、左右脊龙。第一层是环形走道,扶栏之间用雕刻精细的花卉、石狮组成的小石柱串联着。第二层中间耸立着伟大领袖毛主席在1942年刘志丹牺牲6周年时的题词:"我到陕北只和刘志丹同志见过一面,就知道他是一个很好的共产党员。他的英勇牺牲,出于意外,但他的忠心耿耿为党为国的精神永远留在党与人民中间,不会磨灭的。"左侧立朱德题词石碑:"志丹同志是优秀的共产党员,忠实勇敢的红军领导,陕甘苏区的'创造者'和'红军模范'。"右侧是周恩来题写的:"上下五千年,英雄万万千,人民的英雄,要数刘志丹。"这3通石碑一字排开,两边分别立着陈云、叶剑英、贺龙、彭德怀等老一辈无产阶级革命家的题字石碑4通。纪念碑亭是陵院的最高点，站在亭中央，可以清楚地看到牌楼大门、将军雕像、二门、毛主席题词碑以及纪念堂门额上"刘志丹将军之墓"。这几处主要建筑都在一条中轴线上，可谓匠心独运。四角的小亭为六角挑檐彩绘亭，每个亭中立3通纪念碑，整个陵院内的石碑除毛主席那通巨碑外均为双面碑，我粗略数了一下，大概有49通题词碑，据说这是全国烈士陵园纪念碑之最。

纪念堂由3孔坐北朝南石砌窑洞和5间厦檐组成。左侧是1943年5月1日志丹陵竣工时，林伯渠撰文、谢觉哉手书的《烈士刘志丹革命事略》碑1通，记载了将军短短33个春秋光荣而英勇的革命生涯："志丹同志名景桂，字志丹，陕西保安人，幼聪明好学……志丹同志之死，是党之重大损失，亦是全国人民之重大损失。形体虽殁，其精神实炳耀千古。"

我静静地伫立在事略碑前，将军的音容笑貌仿佛又浮现在我的眼前：

1934年10月初，将军途经安塞真武洞，恰好碰见从

> 姿态

瓦窑堡前来的通讯员。通讯员认识将军,说有一封给十五军团的急件,原来是密令逮捕刘志丹和其他人员的名单。为了不使党分裂,不使红军自相残杀,不给敌人以可乘之机,刘志丹将军泰然处之,镇定地把信交还通讯员说:"你快把信送到军团部,说我去瓦窑堡了。"

出狱后,将军没有怨言,而是深情地说:"中央来了,今后的事情都好办了。我们要团结起来,在党中央的领导下努力工作,为完成我们的伟大事业而奋斗。"

这就是赤胆忠心、大义凛然的将军;这就是维护团结、忍辱负重的将军。此时此刻,我想起了一首传唱至今的陕北民歌:"正月里来是新年,陕北出了刘志丹。刘志丹来是清官,他带领队伍上横山,一心闹共产。"

纪念堂的右侧是志丹县委、县政府在1990年8月30日修缮的志丹陵记事碑,由时任县委书记张钟灵、县长马瑞卿撰文。5间厦檐,雕梁画栋,彩绘人物。9根红色巨柱撑起纪念堂的厦檐,中间两根上悬挂着将军为其牺牲的战友们题写的挽联:"英雄志向实伟大,勇气流血最光荣。"

这也正是将军光明磊落、鞠躬尽瘁风范的写照。

我怀着无比崇敬的心情，步入纪念堂。纪念堂中央安放着将军的铜像，铜像被社会各界前来拜谒时所敬献的花篮和花圈簇拥着，在铜像的背后是将军和妻子同桂荣的合葬墓。窑洞的壁墙上嵌有伟人们的题词石刻20方。

我驻足在这里，久久不愿离去，遥想着将军走过的风雨历程。将军从小志向远大，在榆林中学读书时，就加入了中国社会主义青年团。他大声疾呼："共进！共进！同志们引着被压迫民族向帝国主义者进攻！不惜牺牲，杀开血路！前途自有光明与幸福！"1926年秋，23岁的将军从黄埔四期毕业，随军北伐，顺利收编了豫西刘镇华的军队，壮大了革命武装。

值得一提的是著名的渭华起义。这是我党在西北地区规模最大的一次武装起义，打击了陕西的军阀势力，扩大和加深了党在群众中的影响，培养和锻炼了一批革命骨干，为创立陕北根据地提供了宝贵的经验。

1936年4月14日，将军在指挥部队攻打三交镇时，

> 姿态

离我们而去。将军走了,走的是那样匆忙,但他留给我们的胸怀大局、立志报国的崇高品德,深入群众、与民谋福的求实作风,始终不渝、百折不回的革命精神,将永远激励着后人。

我情不自禁地想起了陵院留下的诸多传奇故事。小时候我常常听看陵人张大爷讲,每到夜深人静,时常从院内传来金戈铁马、枪炮隆隆、号角争鸣的声响。还有传言,前些年更换纪念堂里的将军像时,四个壮汉一起上手却怎么也挪不动,经一高人指点后,其中一个人轻轻用力便能搬起将军像,现在这尊白色石膏像就安放在原碑陈列室。我明白,这些传说都只是传说而已,但都包含着人们对将军的思念之情。

院右侧墙外,是近年来修建的原碑陈列室,陈列着建陵初刻制的石碑26通,这些都是被胡宗南进犯时惨遭破坏的原碑,石碑上的弹孔和砍凿过的痕迹历历在目。毛泽东、朱德、彭德怀所题石碑被破坏得更为严重,可见当时胡匪对红军之憎恨。

| 城事

沿着原碑陈列室的小道，走过刻有"正气苑"三个字的门匾的圆形拱门，穿过二门，顺着那条别样的路往回走，我来到将军事迹陈列室。

陈列室在陵院内形成一个独立的小院，院子中间是1993年2月20日由江泽民同志题写的"学习刘志丹同志的革命精神，建设有中国特色的社会主义"纪念碑。

进入陈列室，迎面是将军的巨幅画像。画像上的将军目光炯炯有神，透着坚毅。陈列室里展示着百余件记录着将军伟大而短暂的人生的实物。展出内容分为五部分，分别是"民族曙光、英雄辈出""立志报国、武装起义""出生入死、创建苏区""不负使命、为国捐躯"，以及"丰碑永固、浩气长存"。我一边听着热情敬业的讲解员的认真讲解，一边在细细寻找"志向远大，顾全大局，忍辱负重，公而忘私，联系群众"的刘志丹精神所在。

就这样，我听着、看着、想着、悟着，不知不觉地已走出了陈列室，走出了牌楼大门。回望志丹陵那已徐徐合起的巨幅画卷，我思绪万千，心里涌起无限的感慨和遐想。

> 姿态

我为自己作为志丹人却未能深知刘志丹精神之所在而羞愧万分,更为自己未能为家乡的建设做出多少贡献而无地自容。看到华灯初上的广场,想着有待振兴的家乡,我们没有理由再等待、观望,而应当高高举起将军革命精神的大旗、继承将军的遗志,雷厉风行、说干就干,为我们的家乡——红都保安,同心同德,尽心尽力,做出更大的贡献。

城事

将军广场记

  这里是一块神奇的土地，也是一块红色的土地。这里原名保安县、赤安县。1936年为纪念"群众领袖，民族英雄"刘志丹改名为志丹县。县城位于全县版图的中部，周河穿城而过，沿两岸形成狭长的带状城区，自然形成南北两个主入口。

  2013年是刘志丹将军110周年诞辰，为了铭记先烈的丰功伟绩，激励红都儿女奋勇前行，县政府在城南主入口修建了将军广场，作为纪念。

  将军广场以群雕为中心，北面是七星花园，南面是人工湖。群雕长41.4米、高33米，其寓意为刘志丹将军牺牲时是4月14日，33岁。群雕由大山和刘志丹将军像两部

> 姿态

分组成。大山高18米，采用永宁山为原型，寓意为1929年刘志丹将军在永宁山创建西北第一个党支部；穿着军装的刘志丹将军像15米高。群雕正面山体下的浮雕群，展现了红军战士冲锋陷阵的场景，上部分刻有毛泽东给刘志丹将军的题词"群众领袖，民族英雄"。群雕前面的地上刻了刘志丹将军创建的陕甘根据地地图，群雕后面刻有刘志丹将军生平。同时，通过三座假山将将军广场一分为二，这样布局有效克服了规划学中忌讳的"大刀"状地形，也增加了主雕的厚重。

在群雕背后建有两面长33米、一面长44米的浮雕墙，分别雕有历史志丹、红色志丹、今日志丹之内容。三面墙加起来110米，寓意为纪念刘志丹将军110周年诞辰建造。浮雕墙以北七星花园内按照北斗星座安放6大1小石鼓，寓意陕北劳苦大众追随刘志丹将军闹红。这一灵感来自1979年长春电影制片厂拍摄的电影《北斗》。

2013年2月25日审定雕像模型。为了有效防止模型再放大30倍后失真，头像部分采用1∶1的尺寸制作模具。

3月6日，玻璃钢模型运到福建石材厂开始制作。7月25日主雕内部支撑结构封顶。8月5日完成群雕部分安装。8月24日完成将军头像安装。9月20日完成修饰和防护膜。至此，刘志丹将军雕像如期完成。

值得一提的是刘志丹将军头像部分的选材。说是头像，其实是半身像。虽说半身像成本高、费用大，需选取一整块巨石精细雕琢，并且要在山里找到这么大整块"将军红"石料，所需费用更大。但出于对刘志丹将军的爱戴和敬仰，必须这样干，其意义不言而喻。

2013年，建设将军广场时遇到陕北地区百年不遇的强降雨，建设者们搭帐篷、披雨衣、穿雨鞋建设是常态。8月24日依旧大雨倾盆，放晴无望，人们都在默默地祈求上苍，但天公依然我行我素。吉时已到，随着隆隆的机械声响起，奇迹出现了，广场上空的雨突然停了下来。经过两个小时的紧张安装，将军半身像摆放到位。真正的奇迹在鞭炮齐鸣中出现了——太阳出来了，来自省城的艺术家们大呼奇哉怪哉，纷纷拿起手机报捷、报奇、报平安，观礼

姿态

的人们欢呼雀跃，参建的人们流下激动的热泪。

是的，将军广场的建设的确就是一个奇迹。速度之快、品质之高、效果之好，是个奇迹。3000多块"将军红"巨石，从福建开采、制作、拼装、拆卸、运回、安装，未出现任何差错，也是奇迹。建设者们昼夜加班加点，几百人毫发未损，更是奇迹。

城事

秧歌的变迁

秧歌是汉族具有代表性的一种民间舞蹈,主要流行于中国北方地区。起源于农业生产劳动。因流行地区不同,有陕北秧歌、东北秧歌、河北秧歌……1942年以后,陕甘宁边区出现了蓬勃的群众性"新秧歌运动",这种具有革命内容、形式朴实的新秧歌,被群众称为"翻身秧歌"。《夫妻识字》《兄妹开荒》就是"翻身秧歌"的代表作。

改革开放以后,经济建设成为中心,人们对秧歌的青睐也随之减弱。下海承包、经商办企业热潮兴起,有工作的人没有人再愿意走进扭秧歌的队列;学校因高考制度的恢复忙于教学,也不组建秧歌队了。

后来有几支庙会上的秧歌队走进县城,向各单位拜年。

> 姿态

当然，对他们的回馈方式不再是靠一盘花生、一盘糖果、两盒烟能打发的，单位开始给钱了。这样一来，有些人便把闹秧歌当作一种创收的手段，不论阵容如何、扭得怎样，都走街串巷地拜年。组织者有丰厚的利润，参与者美其名曰领到补助。这样的秧歌展示了时代性，却失去了娱乐性。那时县上经济刚刚起步，财政捉襟见肘，各单位的经费少得可怜，有好多单位领导怕有秧歌队来拜年，纷纷外出躲"债"。县上不得已先是限制进城的秧歌队伍，后来审查评比秧歌队伍，最后干脆明令禁止乡下秧歌队进城拜年。此后，秧歌在红都县城消失得无影无踪。

又过了几年，延长石油管理局秧歌队伍来志丹慰问。那巨大的阵容、恢宏的场面、翩跹的舞步、磅礴的气势，让红都儿女为之一振。一时间，小山城到处都是议论和夸奖延长石油管理局秧歌队的声音。这说明人们并不是不需要闹秧歌，而是随着人们欣赏水平的提高，他们对美好的民俗文化仍然有如饥似渴的需求。

"奋力打造文化名县"目标的提出，给红都文学艺术事业的发展带来了春天。作家协会、书画家协会、摄影家协会、音乐家协会等组织，为这些文娱爱好者提供了施展才华的平台。歌舞剧团、民间说唱团、残疾人艺术团的组建，也为秧歌这一展示时代特征的艺术载体带来了空前的发展机遇。志丹扇鼓、义正高跷、保安荷花舞、金丁手鼓、旦八洛河战鼓等新型秧歌形式，为陕北秧歌注入了新鲜血液，让陕北秧歌与时代共进。

在志丹，每年一度的元宵节秧歌展演，把秧歌推向了更新、更高、更火、更好的发展轨道。毫不夸张地讲，在红都，秧歌表演每年都有新添加的内容，每一次的演出都让人赏心悦目、百看不厌、流连忘返。是的，如今志丹的秧歌，展示了红都的春色满园、政通人和的发展环境；展示了身在英雄故里的我们奋发向前的精神风貌。在率先实现有贫到富跨越的今天，志丹人民正以说干就干、只争朝夕的状态谱写着幸福美满生活的新篇章。

我们有理由相信，志丹的明天会更加美好。

姿态

夏季到东岭去看绿

有一首歌叫《冬季到台北去看雨》。台北属亚热带季风气候，年降雨量在2100毫米左右，冬季受东北季风影响，温暖多雨。可见，冬季到台北去看雨，是再寻常不过的事情了。至于这首歌能经久传唱，备受追捧，是那优美的旋律和歌星的嗓音打动了人、吸引了人。但对于久居内陆的我们，眼下只能是夏季去看绿。

绿色是我钟爱的色彩。她是生命的颜色，象征着青春、活力和希望。橄榄绿象征和平，草绿示意春天的生机。

今天，我想说，如果你走过顺宁，体验过那里的绿，你一定会想起那些久违的词语——"绿树成荫""郁郁葱葱""翠绿欲滴""千山一碧"等。如果你有过在顺宁东岭感受绿色的经历，你一定会懂那种徜徉在绿色海洋的感觉。

顺宁东岭属纯山岭区。有人说，过去的东岭，晴天一身土，雨天一身泥，人面山色黄土地。如今，山山峁峁、沟沟畔畔装满绿色，平坦的柏油路旁行道树笔直挺拔，庄前屋后绿树环绕、鸟语花香。眼前这些精美的画卷，在过去只能是江南才有的风景。

金崖根生态示范区是"东岭绿"的代表之作，面积约37.5平方公里。极目望去，绿色养眼，美不胜收：一株株刺槐，随风摇曳，婀娜多姿；一簇簇沙棘，聚成一团，紧紧相围；一棵棵山杏，风移影动，挂满果实；一行行侧柏，挺立傲气，四季常青。还有一些不知名的花草点缀其间，花团锦簇。

尖山峁流域是金崖根示范区的"姊妹篇"，这里林草错落有致，相互点缀，尤为壮观。

在顺宁东岭托合树湾村，印证了"村在山中，林在村中，人在山林中"的美好画卷。这里居住的人家，或享移民搬迁政策之福，或得新农村建设之利，均住进宽敞整洁的新房。在这两项建设的过程中，托合树湾人按照"宜草

> 姿态

则草,宜林则林"的原则,把"绿"带进规划整齐的庄园,家家户户门前植有常青树,旁侧点缀着五颜六色的花草。靠近村庄处则栽植苹果、梨等经济果木,实现了山、水、田、园、林、路、草、畜、室的一条龙,成为远近闻名的小康乐园村。

东岭归来,我的心情久久不能平静。在建设生态大县的今天,如果有更多的"绿"散布在3781平方公里的红都大地,那时我可爱的家乡必将成为西部大地上一块夺目的绿宝石。近日,在创建全国绿化模范县初验会上,传出一则令人兴奋的消息:截至2008年底,全县各类村地达到434.9万亩,森林覆盖率29.5%,林木绿化率37.2%,林草覆盖率88.8%。由此可见,红都大地色调的由黄变绿正在加速。去过江南的人大多会说爱不够人家的山山水水,如今,你若到过顺宁东岭,你也会由衷地说:冬天来了,春天还会远吗?

城事

重回安兴庄

安兴庄是顺宁镇西岭的一个较为偏僻的行政村。13年前，响应县委、县政府的号召，我作为一名县工商局扶贫干部，走遍了那里的山山峁峁、家家户户。

己丑年秋，县上安排党风廉政建设责任制半年检查时，顺宁镇党委和纪委指定安兴庄村和杨家洼村为村民监督委员会工作检查对象。听到这个消息，我有一种说不出的喜悦。但让我感到疑惑的是，杨家洼村不是安兴庄村的一个村小组吗？

到了镇上才知道，由于安兴庄村子太大，已于2000年分为两个行政村。我问及老支书的情况，镇上领导告诉我，他早已退职在家休养。我告诉镇领导想见一见老人家。

> 姿态

汽车沿着新铺就的宋庄至安兴庄柏油路行进，我的思绪早已回到13年前。这里原本是一条我不知道走过多少回的山涧便道，只有冬季结冰时汽车才可以通行，其他季节只能顺省道303线向北走到大崾岘，再折转回来。

不一会儿便到了杨家洼村部，这是我再熟悉不过的地方。这里有全县个体户集资3万余元修建的木厂嘴小学，当时这所小学校设在公路边一孔破烂不堪的土窑洞里，真可谓"土窑洞、土台子、里面有群土孩子"。那时，小学校只有一位老师，大家都叫他范老七。由于家庭负担重，范老师早上的自习课都带着他儿子。由于我一直从事经济管理工作，对农村工作不熟悉，春忙时节给百姓帮不上什么忙，便主动担任范老师的帮手给孩子们上课。每当我看到那一张张可爱的笑脸时，便萌发出为孩子们建一所明窗净几的学校的想法。这个想法得到时任县工商局曹局长的全力支持，曹局长当即召开个体协会代表会，并向全县个体劳动者发出倡议。他们半个月内便集资5万余元和一副铁大门，在短短的一个月内便修成5孔大石窑。新学校开课时，我邀请了个体户和工商局干部职工代表到场，并为31名孩子送去了书包和文具，整整装了两麻袋。

但此刻，当我走进学校院子，眼前的情景让我心里泛起一丝酸楚。丛生的杂草告诉我，这里已不再是孩子们的学堂，为感谢捐款个体户代表所立的石碑也倒立在院子的墙角。有人大声喊着告诉我说看到我的名字也刻在了石碑上，我却怎么也高兴不起来。可以说，我是默默地离开杨家洼村部的。

当汽车经过前木厂嘴王家弟兄的果园时，扶贫成果——挂满枝头的苹果让我眼前一亮，顿时提起了精神。13年前，工商局为安兴庄每户农民建了5亩果园。为此，我去宝塔区庙沟村调运果苗，并请县园艺站领导和干部逐村进行现场栽植培训。那时我与尚站长20多天没有下山，山里虫子多，两人身上也都长了虱子。

现在安兴庄村部是1998年新建的，安主任见到我激动地说他的果树早已见利，热情地邀请我们到他家品尝。还告诉我曹会计家的果树每年都收入5000余元，其他老乡都

> 姿态

不用买果子吃了……听了安主任的介绍，我真为他们感到高兴，也感到满满的成就感。我为自己13年前的付出得到回馈而自豪。

听完村干部关于村上工作的介绍，看完村民监督委员会和村务公开、一事一议等资料后，在镇领导的带领下，我们一行前往白湫沟看望老支书。

当途经纪支书家门时，我告诉同行的干部，13年前这里是安兴庄扶贫点的指挥部。当时，安兴庄年人均产粮约384公斤，人均纯收入390余元。我刚到安兴庄，不知道如何面对工作中遇到的"五难一差一落后"（行路难、上学难、用电难、吃水难、种地难，生活环境差，教育文化落后）的现状，以及如何说服地处偏远的农民去栽果树。我把自己的困惑告诉前来检查工作的水利局局长，他告诉我，由他联系采取示范带动的方式，调动群众的积极性，由水利局、乡政府、工商局各派一部车，带上村干部和村民小组长去吴起县薛岔乡八岔湾村看一看那里的庭园经济建设。现在回想起来，在果园上见利的都是那次去过八岔湾的村民。

老支书现住在白湫沟村新建的移民搬迁点上，经过大约3公里的土路，我们来到白湫沟新村。转过一个大弯后，站在崄畔上等待的老支书夫妇就映入我的眼帘。原来镇上干部在我们出发时已打电话给老支书。

老支书叫白会清，早在20世纪六七十年代就是安兴庄村支书，后来由于年纪大了便不再担任。1997年，安兴庄被列为白于山区扶贫开发点时，村民们一致推举62岁高龄的他重新担任支书，因为他的作风和为人，在安兴庄是有口皆碑的。

13年前，我首次从事农村工作。这一带老百姓每顿饭都以黄米饭为主，我的肠胃不好，容不得黄米饭经过的，一吃黄米饭便拉肚子。有次在和老支书的闲谈中我无意间说到这件事，老支书便记下了。他专门召集村民小组长们开会告诉他们，小马新来，对农村工作不熟悉，大家要多帮助。在派饭时要告诉村民让小马尽量吃白面和大米。记得从那时起，无论走到哪家哪户，村民们都是用白面大米

> 姿态

招待我。

在各级各部门的鼎力支持下，1997年安兴庄新修农田350亩，人均1.8亩，建果园124个计620亩；架设14公里农电低压配网，实现户户通电；修通了10公里安兴庄与大崾岘至拐沟砭8公里乡村道路；新修学校一所，让31名适龄儿童顺利入学；荒山造林3000亩，"1211"工程14处；人均种地膜玉米1亩、大垄沟谷子1亩、黄豆2亩。县工商局62名干部职工与安兴庄62户贫困户结成"一帮一"帮扶对子，创出了基础带动、产业驱动、部门推动、干群联动的白于山区扶贫开发的"安兴庄模式"。

老支书今年已74岁高龄，头发早已稀疏，挺拔的身躯也弯曲不少，但善良的笑容依旧时刻挂在脸上。我快步走上前去，紧紧握住老支书的双手："您还认识我吗？"

"哎呀，你怎来了？十几年都没见你了，现在在工商局还好吗……"

同行的镇上领导和纪委同志，被这一激动人心的场面所感动，还是老支书的老伴一句话"快叫回家里坐"，才让我们从这激动中走出来。同行的同志从车上扛下两袋米和面。我和镇领导陪着老支书回到家中,老支书的房子是新修的,可家里的摆件与13年前相比没有多大变化,可以说没有一件家具能体现现代化,可见老支书过得并不富裕。

当我问到我的帮扶对象时,老支书说他们夫妇俩到县上办残疾证去了,那位妻子精神病已经好了,只是一只眼睛看不见了。离开老支书家时,我拿出400元钱,一半给了老支书夫妇,一半让老支书交给帮扶对象。

踏上归途,我们仔细寻找13年前的痕迹。昔日的荒山秃岭披上了绿装,新修的梯田里长满丰收在望的庄稼,崎岖的山路已变成平整的柏油路。我相信随着林权制度改革的推行,满山遍野的"绿"必将带给安兴庄人丰厚的回报,平整的柏油路必将成为安兴庄人走向富裕的坚实之路。

姿态

我为他们祝福

年关临近,我随县纪委胜利书记、财政局仲岗局长、顺宁镇殿忠书记和民政局永强副局长等人,看望慰问顺宁镇贫困户。

我们首先来到顺宁镇丁岔村李怀孝家。这是一个四口之家,夫妻双方都是残疾人,一儿一女看上去健康聪明。家里虽然没有什么家具,但打扫得很干净。胜利书记首先向他们拜个早年,然后把同行的各位一一介绍给李家人。虽说女主人是个哑巴,但她的手语和哼哈声,让所有在场的人都心领神会。她说的意思是镇上知道她家穷,给他们送来两只猪崽和其他资助。临别时,胜利书记把200元钱和一袋面粉、一床被子、一套棉衣送给他们。女主人笑着拉过儿子忙着给试穿。胜利书记拉着小女孩的手说："叔叔要走了，还有一些贫困户需要我们去看望、去慰问……"他嘱咐小女孩，要好好学习。

听说我们要走，女主人又把我们领到她家的猪圈边上，给我们指着一头大肥猪。我们明白，她是在告诉我们今年过年她家也有过年猪了。走出李怀孝家的院子，一个中年妇女迎了上来，动情地说："现在的党和政府真是好，对我们的关心真是到了家。"是的，有这么好的党、这么亲民的政府，和这么多关心群众的好领导，我们有理由祝福他们，生活会更加美好。

接下来，我们来到韩立有家。这一家比起刚才那家，就显得更加贫困。走进窑洞，一片漆黑，开灯后我们才发现男主人是身材矮小、患有腿疾的人。女主人则衣衫不整，披头散发，也有语言障碍。当我们把棉衣和被子送给她时，她显得异常激动，一边用力往外推着我们一边使劲地呐喊，还不停地比画着什么。我们每个人都感到诧异，显得有些尴尬。

> 姿态

胜利书记一边安抚女主人，一边问着男主人家里的情况，要求殿忠书记尽快为韩家找到适合自己发展的产业，并询问仲岗局长能否在资金上对韩家提供一些资助。两位领导当即答应下来。

当胜利书记把200元钱递给男主人时，刚刚有些平静的女主人又扑了过来，一把抓住钱，又开始推搡起我们。就这样我们沉默不语地离开韩立有家。我对女主人的表现真是不解。但不一会儿，随行的村干部跑了过来，他告诉我们，他把女主人这样表现的原因已经弄清楚了：镇上已经给他们送了被子、棉衣和一台电视，所以钱她要了，被子和棉衣让我们拿去再慰问别的贫困户。此时此刻，我们都长长地嘘了口气，会心地笑了起来。这是多么善良、多么可敬可爱的人啊！我们有责任、有义务帮助他们，为他们的美好明天祝福。

离开丁岔村，我们来到宋庄村。这里地处省道303线旁边，整体状况要明显好于丁岔村。在这里我们先后慰问了一名老党员——曾担任过村干部的宋春玉，和老退伍军人方尚立，两位老人因为我们的到来说了无数的感谢话，并对顺宁镇这些年来的发展变化给予高度肯定，同时也说了好多想法和建议。看着两位老人真挚的目光和慈祥的面容，我在心里默默地祝福他们健康长寿，安享晚年。

由于时间的关系，还有一户远在安兴庄叶湫沟的孤寡老人叶增高未能见到。同行的殿忠书记说，前一段镇上已看望过了，过几天他们准备再去一次。我暗暗地高兴起来，本来我打算到年关重返安兴庄，看望10年前我在那儿扶贫时结下友谊的乡亲们，这样一来我便有机会与镇上领导一同前往，那时便可以在产业开发上寻求镇上的支持。

踏上归途，胜利书记告诉我，回去以后纪委要迅速组织全体干部职工捐款捐物，尽最大的努力多资助一些贫困户，让他们都能过个欢乐年。是啊，顺宁镇的父老乡亲，有这么好的党、这么好的政府，有这么多的亲民政策，有这么多关心、牵挂你们的各级领导，你们也一定会有更加美好的明天。

我真心祝福你们，结伴踏上小康路。

— 姿态 —

难忘的欢聚

1910年8月,在丹麦首都哥本哈根召开的国际社会主义者第二次妇女代表大会上,德国社会主义革命家、杰出的共产主义战士克拉拉·蔡特金倡议,以每年的3月8日为全世界妇女的斗争日,得到与会代表的一致拥护。因此,1911年3月8日便成为第一个国际劳动妇女节。我国在1924年首次举办过庆祝活动,1949年12月,政务院把每年3月8日定为妇女节。往年的并没有留给我特殊的回忆,但2007年的妇女节却让我这个大男人终生难以忘怀。

先是在县妇联举办的"感动我的十位女性"颁奖典礼上,由我执笔的《致全县广大妇女们的一封公开信》赢得不少人的赞誉,让我感到自豪。再是单位举办了首届家属联谊会，向多年来始终支持我们工作的每位家属致以节日的问候。这次活动意在让每位家属知道纪委工作的任务和性质。家属们也都纷纷做出承诺，要一如既往地支持丈夫的工作，并承诺人人都要学会念"廉洁经"，吹"廉洁风"，算"廉洁账"，办"廉洁事"，时时争当丈夫工作上的"贤内助"和"廉内助"。看到这些在生活上与我们相濡以沫的妇女们，工作中为我们默默奉献的妻子们，我衷心地祝愿她们身体健康、万事如意。

夜晚来临，全体干部职工与家属的演唱会，把庆祝活动推到高潮。前来采访我们联谊会的延安电视台小孙记者，被我们这个团结和谐的大家庭所感动，在我们的盛邀下也加入到我们的行列，担当起演唱会的主持，为演唱会增添了一道风采。

胜利书记首先登台，一曲《老婆老婆我爱你》，唱出了我们每位纪检干部对老婆的心声。是的，你们辛苦了。由于我们工作的特殊性，沉重的家庭负担都落到了你们的身上。经久不息的掌声，是我们对你们的祝福和感激。彦章书记的《滚滚长江东逝水》，道出了我们每位纪检干部肩负的重担和职责。

> 姿态

我在小青年的怂恿下，挽起爱妻，为同人和家属们送上一曲《过河》。我唱此歌的本意在于警示我们每位纪检干部和家人"常在河边走，绝不能湿鞋"，但由于自己对歌词不熟而"演出"失败，但我的良苦用心，大家都能领会。

值得一提的是李虎夫妇的《敖包相会》，据说他俩为了唱好这首歌，已排练过多次，志在登场时拔得头筹。是的，这首歌是我们共同的心声，我们的每一个家庭都是与爱人一起苦心经营的和谐和睦的家庭。我为我们每位纪检干部拥有这些可敬可爱的家人而骄傲和自豪。

刘全、老霍、小胡、小郭等人的独特舞姿，将这个家庭演唱会带入高潮。我弄不清楚他们跳的是什么舞种，大概就是人们说的街舞或者现代舞吧。什么舞种和舞得如何都不重要，重要的是展示出每个人喜悦的心情。

2007年妇女节的聚会，让我们的家属增进了了解和友谊，让众人看到了我们的团结和友爱，在我们心中留下了永久的温暖的回忆。

| 城事 |

飞雪迎春

2008年的第一场雪，比以往时候来得更早一些。

元旦钟声刚刚敲过两周，这场雪便悄然而至。饱受干燥气候之苦的人们纷纷走出户外，踏雪迎春，期待风调雨顺的鼠年到来。在家乡经过"双创"洗礼的红都儿女们都自觉地投入扫雪的行列之中，"种田要开会、上工用钟催"的局面一去不再，这一可喜的现象展示了志丹干群精神风貌的巨变。

清扫完积雪的人们仍然沉浸在这场瑞雪到来的欢乐之中，两位年轻的领导提出雪中登高，观赏雪中的家乡。我们便紧紧追随，沿着新修成的太平山石阶道拾级而上，在山门前拍照合影，戏雪呐喊。穿过山门后开始登顶比赛，倒数第

> 姿态

一名非我莫属，同行的人们不约而同地告诫我该减肥了。

雪中的太平山，银装素裹，分外妖娆。玉皇庙、祖师殿、娘娘庙、财神庙在雪中显得更加幽静。门前一串串清晰的脚印告诉我们，在雪中仍有善男信女前来参拜。我悄悄地观察每位同行者的表情，谁都没有参拜的意思，便说咱们去后山吧，那里的雪景一定不错。

果然是"忽如一夜春风来，千树万树梨花开"。我们选择了一排挺拔的松树为背景拍合影，去感受"大雪压青松，青松挺且直。要知松高洁，待到雪化时"的韵味。随后，大伙便摆出各种各样的姿势，选择各自看好的雪景，或坐或卧、或蹲或躺、或跑或跳、或追或闹地拍起照来。后来有大胆者，竟以雪为弹，向两位年轻的领导开战。毫不夸张地讲，这一天我看到了久违的童趣。直到下午5点，我们才踏上归程。回到家里，电视上都是人们与雪亲近的场景报道，真有"瑞雪兆丰年""飞雪迎春到"的感觉。

2008年的第一场雪，却比以往时候来得更猛一些。

连续几天清扫积雪，勤快的人们也有些烦躁了，这也许就是人们常说的物极必反。在接下来的日子里，电视里播出的便是令人害怕的场景，大有"林表明霁色，城中增暮寒"的感觉。湖南、湖北恶劣天气持续时间之长为百年一遇；贵州49个县市持续的冻雨突破历史纪录；江西是新中国成立59年来最严重的低温雨雪；安徽持续降雪24天，为新中国成立以来最长的一次……大批返乡过年的群众滞留车站码头，火车因电力设施受损停发，公路因路面结冰封闭，飞机因雨雪天气停飞……瑞雪已变成大雪，大雪演变成暴风雪。雪灾来了，比1998年的洪水来得更猛更急，比2003年的"非典"来得更让人惶恐揪心。

中央做出"保交通、保供电、保民生"的决定，9名政治局常委分赴各地灾区鼓舞士气，指导抗灾。一时间，一支支抗灾的队伍投入抗击暴风雪的战场，一架架运输机把温暖送向灾区，一趟趟列车、一辆辆军车把救灾物资送往灾区。据新华网报道，社会各界捐款捐物，民政部下拨救灾款，中国红十字会收到捐款，中华慈善会收到捐物。全国上下，万众一心、众志成城，谱写了许多可歌可泣的动人篇章。

> 姿态

唐山13名农民工兄弟在"春晚"即将开播的4小时之前，租车前往郴州市援建倒塌的433座铁塔。当人们知道13个人只有一部手机向家里报平安之时，郴州市一位老人送来2000元让他们交手机费，但他们却连同郴州市政府送来的1.3万元慰问金，一并捐给了郴州红十字会。他们说唐山地震全国人民支援，滴水之恩，当涌泉相报。

贵阳街头随处可见的绿丝带，把党心民心连成一条心。2万余辆私家车挂起绿丝带，免费为出行的人们提供方便。

湖南衡东县农民刘吉桂在自己贫寒的家里收留44名因汽车抛锚不能前行的他乡旅客，整整4天这44人吃住都在刘吉桂家里。

2008年是大事多、喜事多的一年，是北京奥运年，是改革开放30周年大庆之年，也是恢复纪律检查工作30周年。2008年的第一场雪，给伟大祖国带来空前考验和挑战。英雄的中华儿女经受了考验、战胜了困难，蕴藏在每个中国人心中的集体英雄主义和爱国主义精神，在迎战暴风雪中发扬光大。

温
度

温度

怀念父母

　　庚子年中秋喜逢国庆长假，因新冠疫情备受折磨、复工复产后身心疲劳的国人终于有了喘息的假日，便匆匆加入享受国庆长假的行列，自然就投入"堵"的大军之中。而我们这一家三地六口人，准备团聚在志丹县城，谁知远在宁夏的儿子儿媳一则要假期值班，二则离区外出返回后必须核酸检测，没有归来的可能。

　　爱妻说有亲戚拿来母亲爱吃的米脂大月饼，正好假期，咱们带上女儿给她爷爷奶奶上个坟。于是我们准备了祭品走向高崾山。到了父母的墓地，众多的亲朋已在清理杂草、摆放祭品。我着实感到疑惑，他们咋来了？

　　"大哥，今天是三妈去世4周年忌日，我们也来祭奠

> 姿
> 态

祭奠……"

　　我落泪了。

　　父母大人,孩儿不孝,竟然把这么重要的日子忘了。多年来我一直以孝顺儿子自诩,认为父母的难处我能理解,父母的快乐我能感受。可眼前的这一幕让我无地自容。转眼间父亲离开我们已5年,母亲离开我们整整4年了。两位老人离开我们时都是78岁,二老相濡以沫,白头到老。

　　为了感谢百忙中前来祭奠的众亲戚,爱妻订好酒席。俗话说无酒不成宴,归途路过好友的酒品专卖店,我准备买两瓶酒。好友笑着说:"你回来上坟了,这酒不要钱,我送你。我知道今天是姨姨的四周年忌日。"我又一次被感动了:"今天这酒钱你必须收下,因为这酒的意义和作用不同。你的好意我心领了。"

　　细心的爱妻派人把二妈也接来了。我逐一给亲朋们敬酒致谢。说实话,父母去世以来,我一直就想写一篇祭奠父母的文章,与我那可敬可爱的父母说说话,但每次下笔,写不下半页就无话可说了。转眼5年已过去,再不写真是有愧于父母了。

父亲安息，孩儿想对您说，您的遗志我们会全力继承。您一生勤劳敬业，爱岗奉献，任劳任怨，与世无争，把您毕生的精力都奉献给了志丹的供销事业。您1954年8月在顺宁供销社工作，直到您去世时仍兼任供销粮食系统离退休职工党支部书记，正如县总工会蔺主席在您遗体告别仪式上所言："肩负供销六十载，德为家风一世行。马老，品德高尚，为人忠厚，正直善良，对朋友职工热心忠诚，对工作尽职尽责，为我们留下了许多宝贵的精神财富和做人准则。我们要学习他对党的事业无比忠诚，学习他善良忠诚的优秀品德，学习他严于律己言传身教的家风。如今他的儿孙们都在各自不同的岗位上像他一样踏实工作，无私奉献……"您工作以来一直从事财务会计工作，您是志丹县第一批授证的会计师，孩儿至今保存着《延安地区首批会计师名录》一书。

母亲安息，孩儿想对您说，您的遗风我们永远秉承。您一生心地善良，勤俭持家，乐善好施，和睦邻里。您把

> 姿态

　　一生的心血都倾注在我们这个大家庭里。孩儿从记事起，便看到您为这个上有老下有小的家庭付出奉献。每年春季开学是您的灾难，姑姑、两个姐姐、我和弟弟，5个人的学费、书本费您都要到左邻右舍去借，然后靠打零工、敲破杏核拣杏仁、挖药材凑齐再还。

　　年复一年，周而复始，您真可谓是含辛茹苦、受尽煎熬。给孩儿留下刻骨铭心记忆的便是您和小妈两个女人打井的事。当时家旁边的城关公社门前有一口井，众邻居们都靠这口井吃水。但不知什么时候，井绳被人抽走，各家各户只好自备井绳打水。咱家没有井绳，您就在官井巷打水。为了方便打水，家家户户开始打井，您和小妈揽工回来轮流下井。用了近一个月的时间，6丈深的水井打成了，两个女人打井的事也在城北传为佳话。

　　后来，我们都有了工作，家里也富足起来。姑姑出嫁，姐姐在外地工作，弟弟上了大学，我们也有了两间"薄壳"房，家里老院子便空出好几间房子。老院子离县中学较近，自然成了学区房，一些进城上学的孩子们便租住进来。您那乐善好施的品格也时时得到彰显，每次做饭故意多做点分给他们吃，给他们送这送那、缝缝补补都是常态。您常常笑着说，他们都是您的孩子。您还自豪地讲家里的房子是"状元房"，有 4 个租住咱家房子的孩子考上了大学。您去世时，一对外地来志丹做生意的夫妻专门送了花篮并且提出以儿女的礼仪上祭，着实感动了在场的所有亲朋。我知道，这是对您帮助他们照看娃娃、给他们的孩子送吃送喝的回报。

　　树欲静而风不止，子欲养而亲不待。父母安息吧！您二老的遗愿我们将永远传承。虽然您二老离开了我们，音容笑貌却频频出现在孩儿心中。二老放心，孩儿会像您二老一样善待长辈们和姐妹兄弟，让您二老的品格风范在我们这个和谐的大家族里世代相传、生生不息。您二老未竟的事宜，孩儿将为您二老完成。你们的儿孙们没有辜负你们的期望，都在各自的岗位上为您二老增光添彩。

　　父母安息，您二老的出生地双河镇大庄科村小组，这几天开始道路硬化了。

姿态

怀念大姐

　　1月1日，是元旦，向来有"一元复始，万象更新"的意义。但从2012年起，我对元旦的感受，只剩下痛苦和哀思。它们时时催我走向低迷，陷入痛苦，不能自拔。因为，是从那年起，元旦成为我敬爱的大姐的忌日。

　　让我倍感纠结的是，我不能把我的痛苦表露出来，害怕多病的母亲知道这一噩耗，可能会伤心过度，离我而去。转眼间，大姐的第三个忌日将至，我那多病的母亲已瘫痪在床，认不清自己的家人，我才敢把压在我心头两年多的痛苦说出来，把对大姐的思念写下来。

　　大姐，您若泉下有知，请听我诉说。

　　3年前，您突发脑出血，入院抢救。远在甘肃银川和陕北地区的亲人纷纷赶往宝鸡。看到躺在急救室，插着呼吸机的您，年迈的父辈们泪流满面，轻声呼唤："秀珍，醒来，我们来看你了……"年幼的弟妹们哭天喊地，叫大姐醒来……您最终还是离我们而去了。

说实话，问世以来，我第一次遇到这样悲痛至极的事，害怕让年迈的双亲知道，他们最疼爱的女儿将离他们而去。亲朋们的问候，痛苦中的我无法回应，不知所措。蔡书记与同事们前来吊唁，知此情况，他便告诉我他也曾有过这样的痛苦。他告诉我，大姐是父母的女儿，我们没有任何理由阻止父母知晓这一事实，如果错过了最后的相见，会是永远无法弥补的遗憾。

宝鸡医院通知我们，1月1日下午5点整，将停止抢救大姐。鉴于母亲的病况，我们决定仅让父亲来宝鸡见大姐最后一面。为了让年迈的父亲平安抵达宝鸡，好友建生打着去咸阳看女儿的幌子，县医院的海东主任说他家在宝鸡可以搭顺车，他俩伴着我父亲从志丹出发。

父亲一行的车辆到西安北收费站是早上10点，本来可

> 姿态

以如期抵达，谁知西安的堵车让我们陷入了备受煎熬的等待之中。可以说，我每次和建生的通话都伴随着伤心的泪水。下午3点多，父亲赶到医院。病床前，父亲老泪纵横，哭喊着："秀珍、秀珍，爸爸看你来了……"

事后我与父亲说及那事，他告诉我，从志丹动身时他隐约感到不安，一路上看到建生不停得接电话，到咸阳又没有下车，他就感到我大姐不好了。难怪后来建生说，过了西安，我父亲再也没有说话，只是眼泪汪汪。

大姐安息。您尊老爱幼，心地善良，为我们付出的太多太多，却让我们无法回报。您年轻时，咱家贫困，父亲工作离家远，母亲给城关中学揽工做饭，家里有年迈的奶奶，年幼的姑姑，还有妹妹、弟弟。这上有老下有小的家庭，您"穷人的孩子早当家"，过早地担当起了重任。有时您做好饭却到了上课时间，顾不上吃饭便跑向学校；有时饭不够吃了，您说您不饿，先让我们吃。当时年幼无知的我们谁都没有想到，您忍着饥饿，就为了让我们吃饱。您高中毕业，别人家的孩子留到县城或到城郊插队，而您却被分配到离县城最远的金丁公社金汤大队落户，接受贫下中农的再教育，又是一个3年。我清楚的记得有一次您委屈地说道，其他知青的父母都来过知青点看自己的儿女，唯独咱们的父母未去看过您，但您依然坚持说是父母忙，您理解。

　　大姐安息。您那争强好胜、奋力拼搏、巾帼不让须眉的劲头，让弟妹们敬佩，为弟妹们树立了榜样。随着知青返城潮的袭来，别人家的孩子要么被招工去往大城市，要么走进革委会大院，您是最后经考试被百货公司录用而离开知青点的。当无知的弟妹说起别人家的孩子走出大山，走向城市，您总是沉默不语。现在想来，可能您也有遗憾，但为了我们，您留了下来。我们知道，这个家不能没有您，记得当时涤卡是最为奢侈的衣服，我无意中说道班上有几个同学穿着涤卡上衣，同学们羡慕地叫他们"杨涤卡、王涤卡、高涤卡"。不久您便拉我到百货公司的缝纫部量衣服，原来是您和卖布柜台的阿姨求得布头，让技艺高超的裁缝为我弥成一件涤卡上衣，着实让我开心了许久，令我的同学们嫉妒了许久。还记得，电影《闪闪的红星》上映，

> 姿态

八角帽成为男孩子们追逐的焦点,您早早的就给我准备好了,好多家长们借去仿造。有关帽子的还有一次,那一次您参加地区创作班回来,给我带回一顶八路军帽。当我戴到学校,许多老师和家长纷纷打听,问我在哪里买的。您让无知的弟弟扬眉吐气,开心了许久。

大姐安息。您自强自立、忍辱负重的品质,让远在他乡的您赢得了亲朋好友的赞誉。面对您和姐夫的双双下岗,您努力培养外甥女燕子读完大学,走进省城。您随延安无线电厂迁到宝鸡后,企业效益不好,接着又赶上"砸三铁"和企业改制,您没有自暴自弃,而是自谋生计。您顺利通过自学考试后取得会计大学学历,又考取了注册会计师的资格,并且能在几个学院担任讲师。特别是在您病危期间,您的弟子继承您的意志,日夜操劳,着实让人感动。这些足以说明您拥有令人敬佩的人格魅力和认真钻研的高尚品质。小弟我多次去过宝鸡,每次去后都感到您的生活水平有提高。住房方面,最初您租赁民房做安身之地,接着是制药机械厂一室一厅的旧楼,后来是无线电厂的两室一厅,最后购买了开发区的住宅小区。每一次的乔迁，您和姐夫都要付出巨大的努力，刚刚还完的房贷更是您自强自立的真实写照。

大姐安息。春去春又回，您却一去不返。您为我们付出的一切，我们无以为报。弟妹们生活日臻美好，商量着如何报答您，您却英年早逝，离我们远去，让我们肝肠寸断。惟德动天，无远弗届。请您放心，对姐夫，我们会以兄长伺俸，对燕子、任华，我们会以儿女相待。2011年9月，弟和兰兰陪母亲去西安看病。30年未去过宝鸡的母亲，却和我们一起去到宝鸡见您。我记得，母亲说过看到你们过的很好，她就放心了。那次也算是您和母亲最后一面，巧合得让人百思不得其解，但这给了弟妹们一丝安慰。想您不会怪罪小弟没有让母亲和父亲同去宝鸡见您最后一面的决定。

大姐安息，恩欲报，怨欲忘，报怨短，报恩长。弟妹们必将以您为榜样，立身以德，善孝为先，勤勉奋进，不负厚望。以此慰藉您在天之灵。

我们永远怀念您！

—姿态—

怀念大师

2014年3月16日,是一个周日。最近,所有的续建项目昨日全部顺利复工,让人如释重负;所有的新建项目有序推进,让人倍感欣慰。我也像大多数人一样,想从公事、家事和烦心事中解脱出来,做些逍遥自在的打算。可今天早晨7点45分的一个短信,让我陷入了无限的悲哀与痛苦之中。

王天任先生2014年3月15日因病去世,尊先生遗嘱不收花圈,金帛,遗体告别仪式于2014年3月29日9时20分西安殡仪馆(凤栖山)终南厅举行,王展携家人泣叩。

我不敢相信自己的眼睛,更不信大师真的离去了。前些日子小刘来志丹，还讲到先生全年身体特好，精神也不错。我不愿相信，先生怎会说走就走了？

去年8月中旬，将军雕塑群安装时，王先生不顾刚做过腰椎治疗的不适，执意要到志丹现场指导。那是我第一次见到先生，谁知那也是我最后一次见到他。

2013年是群众领袖、名族英雄刘志丹将军110周年诞辰，为了深切缅怀将军，激励红都儿女建设富裕、文明、幸福志丹的雄心，打响、叫亮"革命红都、将军故里"的名片，应社会各界的强烈要求，并征得刘志丹将军女儿的同意，在县城南大门处修建将军广场，塑将军雕塑群。决定一出，受到各界的广泛关注。此项目被列为年度重点项目，省上拨出专款给予支持。由此，我便与王天任大师有了相识相交的机会。

王天任先生为陕西省雕塑院原院长，著名雕塑家、书法家，国家一级美术师，中国美术家协会会员，中国书法家协会会员，中国工艺美术学会雕塑委员会副会长，中国雕塑学会理事会理事，全国城市雕塑委员会委员……这些

> 姿态

众多的"国字号"头衔，足以说明王先生在中国雕塑界属大师级人物，其作品《骠骑将军霍去病》获国家级美展奖。《后稷》《腾飞》《秦统一》《诗魂》《诗峡》等均获国家级城市雕塑类奖项。这些作品的留世，仿佛告诉人们雕塑界痛失一位领军人物，是中国雕塑界的重大损失，让了解、热爱雕塑的人们痛心疾首，悲痛不已。

记得 2013 年 7 月间，王展（王天任先生之子，西安美术学院教授，将军雕塑主创）拿着一组照片来志丹，表现的是大师在福建泉州永庆石材公司制作车间指导雕像塑造的镜头。当我看到照片上的先生戴着口罩，顶着烈日，在空气污染严重超标的制作现场指导，他伤身劳心，依旧兢兢业业、一丝不苟，我被感动了，我为大师的敬业精神所感动，为这样一位德高望重、技艺卓越的大师能与普通工人在一起劳作而感动。从那时起，我就想见见大师，当面讨教。

记得那是去年 8 月 23 日下午，同事打电话来说，王先生马上到志丹了。我便匆匆赶往志丹宾馆等候，大约是 5

点多，我见到了让我仰慕已久的王天任大师。他个头不高，身体富态，由于受腰椎病的困扰，走起路来有些蹒跚。谈吐间，他露出些温和亲近。先生早年来过陕北采风，对陕北的风土人情了解甚多。席间，先生多次提到陕北美食和农家饭，他对一些陕北小吃不仅能说出名堂，还能提及做法，让人感到惊讶。

鉴于先生的身体，我们让先生多休息。但先生却坚持早出晚归，劳作在工地。他对工作的认真态度和严谨作风，令我们肃然起敬。看到先生劳累，我们为他在工地上准备了帐篷和行军床，他很少使用，实在累的不行了，便停下来抽支烟。身体原因，也只能是吸两口后交给儿子。看到他父子俩同吸一支烟，我感到先生不浪费、崇尚质朴的家风，难怪每顿饭先生执意要少上几个菜，越简单越高兴。

8月24日，这天准备安装将军头像，无奈天公不作美，一大早就大雨倾盆。良辰吉时即将而至，但雨仍下个不停，着实让人着急。我们害怕先生身体扛不住，但先生却换上雨鞋，走向工地。也许是将军在天有灵，看到了先

> 姿态

生对工作的执着,上午9点,雨停了,将军头像顺利安装完成。

这就是我与先生的短暂接触,谁知却成了永恒的仅此一面。悲痛和敬仰之情促使我匆匆赶往省城,献上由衷的悼念和哀思。

先生,我们永远怀念您!

— 温度 —

陪父亲走南梁

改革开放 30 年来，随着国际间的频繁交流，一些"洋节"也随之涌入国门，如父亲节、母亲节、情人节、愚人节、圣诞节等等。但其中有些节日其实是我国本就有的，如父亲节、母亲节。起初这些节日只是买个小礼物表示表示，后来由于八项规定的出台落实，饭店酒楼的价格暴跌，百姓们便有机会借过节之名，陪着父母家人品尝美味佳肴。2014 年父亲节来临之际，细心的爱妻便询问父亲想在哪里过节，父亲说想到甘肃南梁看一看。于是我们便着手落实父亲的这一愿望。热情的维春书记得知此事，便主动提出陪我和老爷子南梁之行，被我谢绝了。我知道，最近正赶

> 姿态

上苹果套袋环切的时候,他们已是在村上忙碌一个多月,我不忍心占用他那难得的休息时间。但热情的他还是给我们推荐了一名向导,陪我们走南梁。

由于父亲年近八旬,自然得多几个亲人陪同。我那几个要好的发小,听说老爷子要走南梁,也是强烈要求同行。就这样我们借着给父亲过节的美名,结伴向南梁进发。

根据向导的提议,我们经永宁镇川口,过义正到南梁。经过能化园区时,我告诉父亲这里便是咱县上转型发展的具体举措,已有两家企业入驻并开工建设,其他企业或在签订协议,或在办理手续。父亲高兴地讲道,石油"一枝独秀,一统天下"的格局将发生根本性转变。过义正镇稠树梁村时,父亲看到满山的翠绿和果园里忙着套袋环切的农民,平日里寡言少语的他对此赞口不绝。我在想,县上应该组织老干部和一直待在机关的年轻人一起去观摩观摩咱们的产业成果。

前些年我去过几次南梁,虽不敢说是穷乡僻壤,但实在是找不到一处繁华之地,想要吃些可口的饭菜,都要到华池县城解决。今天，一进入南梁，看到的是雄伟的南梁革命纪念馆，大气别致，过去散居在荔园堡一侧的群众都已迁到对岸整整齐齐、极具地方特色的两层小楼里。讲解员得意地告诉我们，这个纪念馆可与西柏坡纪念馆比美。说实话，我为这陇东小镇天翻地覆的变化感到震惊。

在讲解员的引导下，我们首先来到刻有陈云题写的"南梁革命纪念馆"的城门楼前。她告诉我们"荔园堡"这三个字是北宋皇帝御笔。这是一个典型的古代城门楼，穿过门洞便是三开间牌坊，上有胡耀邦书写的"南梁革命纪念馆"，其后高高耸立的是他题写的"革命烈士永垂不朽"纪念碑。讲解员告诉我们此碑高34.117米，寓为1934年11月7日，在这里成立了陕甘边苏维埃政府，碑上刻有608位英烈的姓名，今年要举行80周年庆典。原来这里一切的变化都为之而来。

纪念碑后是一组群雕，镶刻着刘志丹带领劳苦大众闹红的场景。另一头雕着一位笑逐颜开的老人，高举铁锤钉着写有"地界"的木牌，仿佛告诉我们，在刘志丹、习仲

> 姿态

勋等老一辈无产阶级革命家的努力下，他分得了土地。

陕甘边区苏维埃旧址是一个典型的四合院，门楣由习仲勋亲笔题写。正中一排是陕甘边区工农代表大会会址，就是在这里，刘志丹和习仲勋通过"豆豆选举"分别当选军委主席和苏维埃政府主席；北边是南梁革命事迹陈列室和两间复原的刘志丹、习仲勋办公室；南边一排房则陈列着曾在南梁战斗过的无产阶级革命家和其子女们的题词，共39幅。讲解员得知我们来自志丹，特意把我们带到刘志丹夫人同桂荣题词前，告诉我们，习总书记到南梁就是站在这幅题词前告诉随从，同妈妈多次告诉他一定要到南梁来看一看。讲解员本是好意，但我们心里多少有些酸楚。

由于同伴中大多在志丹那边长大，对将军的丰功伟绩如数家珍，也许讲解员紧张，或初做讲解工作，她的每次解说的细节都被同伴们批驳，接下来的行程便换一刘姓讲解员带领我们继续南梁之行。

走出荔园堡，我们随导游参观了大凤川军民大生产纪念馆，抗大七分校旧址。遗憾的是，由于道路维修，寨子

温度

湾刘志丹及习仲勋故居未能一见。

踏上归途，同伴们可能是劳累过度，大多昏昏欲睡，我却难眠。我的家乡是刘志丹将军的故里，家乡的县名也因将军而得，但是南梁这里却在大力宣传着刘志丹和习仲勋，并随着今年陕甘边区苏维埃政府成立80周年庆典的举行，大刀阔斧地修复陕甘边区苏维埃旧址，大有赶超之意。车辆走在南梁新修的宽阔的二级公路上，我想的是我们的旅游专线却迟迟不能开工。我敢说，如果这样下去，家乡渐渐地会被人们遗忘，而南梁则会如日中天。就圣地延安而言，南泥湾大生产可以说国人皆知，我认为那是因郭兰英唱"花篮的花儿香"而出名的。我去过南泥湾，展馆场地较小，看不到"陕北的好江南"的风景。而大凤川山清水秀，展览馆大而全，并且把名曲《军民大生产》改编于陇东民歌《推炒面》当经典，做宣传。或许有一天，人们不会记起三五九旅的大生产，而是记住三八五旅的大凤川。还有中国人民抗日红军大学这个国防大学的前身，我们红都保安也有旧址，虽经几次修复，仍是个巴掌大的地，且

> 姿态

被四周高楼隐去。而南梁的七分校却是一处大大的院落,有22孔石箍窑,每孔窑里都有故事,《抗大校歌》循环播放,一下子把人带入了那个年代。

就这样思索着,我们一行踏回红都大地。看着年迈的父亲舒展的眉头,我庆幸这个父亲节了却了父亲的心愿。

温度

致我们远去的芳华

光阴似箭,岁月如梭。转眼间我便度过了知天命的年龄。回首往事,看似平平淡淡,但细细寻觅,便见其中坎坎坷坷。

恰逢五四运动100周年,举国上下都在庆祝,各行各业的活动铺天盖地、丰富多彩,让人心潮涌动。恍惚间,我又回到了那激情燃烧的岁月,这些活动唤醒了我对已逝青春的记忆。

当时,在庆祝新中国成立35周年之际,我幸运地通过高考预选,参加了人生道路上的第一次大考。但因数、英两门主课考了35分而名落孙山,我的大学梦成为泡影。

常言说得好:上帝为你关上一扇门的时候,必然为你

> 姿态

打开一扇窗。我虽然大学的路没走通,却幸运地成了光荣的"公家人"。工作以后,自己有时感到力不从心,认识到学问的重要性。那个年代,全国兴起文凭热潮,电大、函大、夜大、刊大、自学考试等如雨后春笋涌现。我报名参加了成人高考,脱产两年走入省财干院政治理论系学习,圆了我的大学梦,拿到了红本本,用当下时髦话讲实现了"双赢"。有人说,知识改变命运,勤奋创造奇迹。重新回到工作岗位时,因单位的农副产品的价格统计工作一直处于全区后列,领导命我担起市场统计之重任。我利用学过的统计学管理制定了统计方法、核算形式、采价技巧和市场分析方法等,一举改变了后进状态,并且地区局把这一做法用红头文件推广全区。

"双万工程"让更多的年轻人奔赴广阔天地去作为,不甘落后的我被派到顺宁安兴庄村,在各级各部门的支持下,创出了"基础带动、产业驱动、部门推动、干群联动"的"安兴庄模式"的提出获得上级部门的认可和奖励。人要懂得感恩才有一切。我要感谢为我送来光明的所有人,感谢帮助新建高标准农田、道路和果园的领导们，感谢工商局干部与安兴庄62户群众结成"一帮一"对子，感谢县城个体户捐资3万余元新修木厂嘴小学。更值得一提的是，我在这一工程中，完成了户建5亩果园的目标，让安兴庄成为全县第二个果树村。后来虽然因技术和资金与县上产业不配套、不吻合未能持久坚持，但让人欣慰的是，10年后，苹果产业引起全县上下广泛关注，20年后的今天，苹果产业已成为我县农业农村工作的支柱产业，成为老百姓致富奔小康的希望。

这就是我逝去的芳华，也是我们这一代人的芳华。有人说，那个年代是激情燃烧的，也有人说是苦难的。我们没有权利评价那个年代，更不能怨恨带我们来到那个年代的父母，时光不能倒流，我们仍然无怨无悔。毕竟在那个年代，我们一直在努力，一直在奋斗。今天，致我们远去的芳华，就是想告诉当今的年轻人，时间如白驹过隙，韶华易逝，应当自重自爱、自强自立，切莫"少壮不努力，老大徒伤悲"。

姿态

  时间之河川流不息,复兴路上风华正茂。处在新时代的"芳华"们,万物得其本者生,百事得其道者成。你们应当感谢这个伟大时代,担当起新时代青年的职责,勇挑重担,勇克难关,勇担风险。奋斗是青春最亮丽的色彩,只有砥砺奋斗,才能实现民族复兴。只有练就过硬本领,才能使自己的思维视野、思想观念和认知水平跟上越来越快的时代发展;只有锤炼品德修为,在实践中摸爬滚打,体会世间冷暖,才能从中找到人生真谛和事业方向,才能肩负起时代赋予的神圣使命。

  当今"芳华"们,希望在望,未来可期。《钢铁是怎样炼成的》主人公保尔·柯察金告诉我们,人的一生应当这样度过:当回首往事的时候,你不会因为虚度年华而悔恨,也不会因为碌碌无为而羞愧。你的人生有了希望,国家就有希望,让青春在奋斗中释放激情,实现理想。

温度

致敬季羡林

  我们中间许多人对季羡林先生的知晓,是从前些年他住院治疗期间开始的。我们从党和国家领导人去医院探望的消息中,知道他是一位国学大师;从他去世的噩耗中,知道他是学界泰斗;更多的人则是从2006年感动中国十大人物颁奖大典上,知道他是一位国宝级人物。我还记得那时的颁奖词:"智者乐,仁者寿,长者随心所欲。一介布衣,言有物,行有格,贫贱不移,宠辱不惊。学问铸成大地的风景,他把心汇入传统,把心留在东方——他就是季羡林。"

  随着时间的推移,我却想说,我们中的大多数已经把他忘记了。

姿态

前些日子陪女儿课外学习，无事可干便走进阅览室里转悠转悠。说是阅览室，其实就是家长们的休息区，大多数家长都坐在这里各自玩手机。我在墙角的书架上发现了《季羡林散文集》，便翻阅起来。看过几篇后，便被深深地吸引。《黄昏》尽管是发表于1934年1月的老文章，仍然让人爱不释手、回味无穷；《二月兰》让人想起默默无闻、奉献不止的芸芸众生；《清塘荷韵》让人明白了坚守的重大意义。

你细细品读季先生的每一篇文章，会发现里面包含了丰富的人生经历和情感追忆，体现了他坚持自我、豁达乐观的人生态度。他在平淡中讲述着真理，处处散发出智慧的光芒。他于95岁高龄获得的"感动中国"大奖，是对他处事风格和生活态度的褒奖。他在《八十述怀》中写道："在这一条十分漫长的路上，我走过阳关大道，也走过独木小桥。路旁有深山大泽，也有平坡宜人；有杏花春雨，也有塞北秋风；有山重水复，也有柳暗花明；有迷途知返，也有绝处逢生。"在《人生的意义与价值》中他讲道："人生有如接力赛，每一代人都有自己的一段路程要跑，要对人类的发展有承上启下、承前启后的责任。"

忽然间，我茅塞顿开，对泰斗、大师、国宝有了更高的感悟。为什么那么多才高八斗、学富五车的人没有此殊荣，而季先生一人就获仨？那是因为他的爱国主义情怀是基础，民族正义感和使命感是根本。正如季先生所言"顺乎人心，应乎潮流"。他在《国学漫谈》中探讨和分析中国爱国主义的来龙去脉时指出，国学就是中华文明和中国智慧，而中国智慧就是中国特色。真可谓神来之笔。

然而，当季先生名声大振之后，一些别有用心的人便在网上大肆渲染季先生日记中的一些关于人性的记录，说季先生是写过"男孩子喜欢看篮球赛，就是喜欢看女学生的大腿"等等。对于这些说法我未做核实，我认为先生他与常人一样自然，展示自己人性方面的想法，这不正是先生敢于直言的写照？况且先生曾直言不讳地写出《我的美人观》，正是对这些人的有力回击。

我乃无名小卒，不敢对季先生有所评价，只有无限的崇敬和敬仰。

姿态

一盒红塔山

这是发生在前些年的一件小事，但我却终生难忘。

老爸是小城唯一的注册会计师，是小城当时的"权威人士"。

前些年老爸的关门弟子走出政府大院"下海弄潮"，请老爸出山给他当总会计师。老爸不干，只答应为他搞清产核资，建章立制。为感谢老爸，他提出给老爸一笔劳务费。老爸分文未取，只收下其弟子从包里取出的一盒"红塔山"烟。

当时红塔山真可谓上档次、高水平之物。对于嗜烟如命的老爸，足够他享用半月之久。

元旦，老爸的大弟子来拜年。我和小弟想着老爸会不同用那盒"红塔山"招待,但老爸依旧是"晨鹤"的忠实用户。

春节,老爸的二弟子前来贺岁,红塔山又未露面。

后来,老爸六十大寿,弟子、亲朋欢聚一堂,大概是人多的缘由,红塔山仍未出现。

小弟说,老爸可能是要将红塔山带进棺材,独自品尝。

我倒觉得,老爸平生从未收过别人东西,可能是心里难受。

大概又过了一年,红塔山终于开包了。那是一个春光明媚的上午,县纪委书记和监察局局长来到我家。原来老爸的关门弟子,在任厂长期间整日沉醉于灯红酒绿之中,致使企业债台高筑,厂子也濒临破产。职工联名检举揭发,经纪检监察机关调查,事实清楚。

但弟子死不认账,扬言纪检监察干部查出的结果没有权威性,并宣称只有老爸查出的结果他才认账。

两位领导到来,是请已退休的老爸出山,对其弟子的账务再做一次清查,还弟子一个清白,给纪检监察干部一

> 姿态

个说法。

老爸听完两位领导的来意，久久不语，随后走进里屋，拿出了那盒想必早已干霉的"红塔山"。

小弟说，老爸是想讨好领导，想开脱，这是他收"贿赂"的罪名。

老爸打开烟，笑着对两位领导说："这盒烟是我徒弟送我的。你们让我查他，你们放心吗？"

书记说："我们知道你们是师徒，但我们也知道你是一名中国共产党员。"

老爸激动地说："谢谢组织对我的信任，更要感谢你们这些求真务实的'反腐将士'。"

结果是老爸的关门弟子被开除党籍，撤职查办。整个小山城议论纷纷。

从那以后，老爸也成了编外的纪检监察干部。

如今，每当我看到红塔山烟，我总是情不自禁想起老爸那笑嘻嘻的样子……

温度

雨　伞

　　小时候贫苦，雨伞对于我和大多数同龄人来说，算是一件奢侈品。那时每次下雨，家庭经济状况好的人会打一把红油布伞或黑布伞，家境稍差些的则以塑料布、草帽代替，还有人将麻袋一对折，往头上一顶来充当遮雨工具。如果是穿上雨衣走在雨中，的确是一件令人羡慕的事。

　　大概是上初中那会儿，父亲给自己批发了几捆啤酒，每天喝两瓶，日子过得优哉游哉。为了父亲的身体，我们姐弟几人一直劝说父亲戒酒。在劝说无效的情况下，胆大的二姐便偷偷拿了两扎啤酒，换了两把黑色的布雨伞回来。当时父亲很生气，但二姐是父亲最爱的女儿，而且家里确实又需要雨伞，也就作罢。此后每遇下雨，雨伞便成了姑

> 姿态

姑和姐姐们的手中之物，身为男孩子的我依然是靠飞速奔跑去"战天斗地"。工作以后，单位要配发给我一把自动伞，我就挑了一把色彩艳丽的送给了二姐。

眼下的雨伞，已成为日常再普通不过的用品，给我的感觉就是已成为易得用品，得来全不费当年的工夫。商家搞促销活动时送把雨伞作为纪念品；外出学习考察遇雨会给每人发一把雨伞以示友好；开现场会烈日当空，主办方会发一把伞遮阳，阴雨绵绵也会送一把雨伞避雨。

真正让我为雨伞感到心酸的是，某次外出考察，到上海时忽降大雨，组织者便为我们每人配发一把雨伞。离开上海那天天空晴朗，万里无云，更换旅行车时，同行的几个人把雨伞随手放在车上。我以为是那些年轻人的记性差所致，便将丢在车上的雨伞、旅行社赠送的手提袋和标志帽等一一拾起。到了下一个考察点杭州，凑巧了，瓢泼大雨从天而降。我便将年轻人丢弃的雨伞逐一送还，立刻引来无数的赞誉。但我有些心酸，始终认为在物资充裕的今日，我们依然要坚持构建节约型社会，雨伞不能变成一次性消费品。

温度

最近的深圳之行，让我感到雨伞在这里得以正确使用。当日，我们被安排在迎宾馆。稍作休息后，在我们去参加座谈会时天空下起了雨，我不由得又想起没带雨伞。

"先生，需要雨伞吗？"

一声温馨的话语打断了我的思绪。抬眼望去，见是服务员指着迎宾馆门口整齐地挂着的十几把雨伞对我说的。服务员看到我迷茫的目光，接着说道："先生，这是为您免费提供使用的雨伞，请您用后放归原处。"在雨中我的思绪又回到对雨伞的遐想之中。深圳的做法真好，既为我们排忧解难，又有效地抵制了资源浪费。我担心有些人拿出去也会随手丢弃，说不准有些人会顺便拿回家里据为己有。看来这一好的做法，必须是在整体公民素质高的基础上才会得以持续下去。

眼下红都正在创建省级文明城市，人们随地丢弃垃圾的陋习已经被彻底改变。我想，通过创建工作的逐步深入，红都儿女的素质将进一步得到提高，大手大脚、铺张浪费的恶习也会随之改变。我相信，以后我们红都雨伞的使用状态也会有所改变。

姿态

词典·字典

记忆中我用过两本字典，一本是《现代汉语词典》，另一本是《新华字典》。

小学时家贫，无从至"典"以观。我记得清楚，在初中快毕业时，1981年5月4日，我光荣地加入中国共产主义青年团。在那个年代，初中生入团的真可谓凤毛麟角。父亲为了表扬我，问我要什么奖品。我说想要一本《现代汉语词典》。

我本以为父亲肯定不会答应的，要知道那时一袋面粉8.85元，而我要的《现代汉语词典》需要5.04元。不料父亲爽快地答应并给我买了回来。我对那本词典真是爱不释手，用画报纸包了里三层外三层的书皮。拿到学校后，惹得同学们羡慕不已。为防不测，中午吃饭时我也是"典不离手"，后来干脆就留在家中。

1984年11月我参加工作，词典作为一位老朋友，我把她带到了金丁。1988年考入省财干院，我又带她走进古城西安。毕业归来，由于单位办公房紧张，几个人挤一个办公室，空间较小，我和字典都没有容身之处。直至1995年工商局办公大楼落成，我有了自己的办公室，才将她摆上案头，朝夕相伴。后来我调到纪委工作，她继续与我结伴而行。

忽然有一天，与我要好的同事说孩子上学需要词典，他想借用一段时间。当时我心里有些不愿意，但还是答应下来，只盼能早日归还。大约是一年之后，在一次家庭聚餐时，同事的爱人说孩子把词典弄丢了。我无言以对。说实话，那种感觉仿佛是最心爱的人消失了一样，我当时真的有大哭一场的想法。直到今日，我把对那本词典的思念之情写出来，是企盼拿走那本词典的人能把她送还与我，我愿用最新版的《辞海》去换她，我最心爱的"美人"——

> 姿态

《现代汉语词典》。因为她寄托着父亲对我的爱,也寄托着我对父亲的感激之情。在那个普遍贫穷的年代,当时我一学期的学费才1.2元,书费才2元,能一次性为孩子那么大的投资也算是凤毛麟角。

现在放在我案头的《新华字典》,是儿子送给我的生日礼物。扉页上有儿子的赠言:"赠给爸爸,祝爸爸生日快乐,儿子马祖保,2002年3月23日。"实不相瞒,儿子赠我字典是有缘由的。一次他拿回来试卷,让我填写家长意见。不经意之间,我写出一个简化字。也许是儿子的老师说了什么,还有可能是儿子的同学讥笑我儿子怎有这样没文化的父亲。所以在我生日那天,儿子送给我这本《新华字典》,意在让我不要再写出错别字来。拿着儿子送我的礼物,我感慨万千。我知道是我伤及儿子的自尊,这也给了我这样的警示:为了自己,为了儿子,去勤奋学习,充实自己、提高自己。

闲暇时,我常常顺手翻开字典,看看儿子给我的祝福,对儿子的思念之情也油然而生。为能到教育质量较好的学校读书，我们不得不将年幼的儿子送到外地上中学。儿子深深理解我们的苦衷，连普通的要求都不曾提过。每次假期只要我没有联系到顺车来接，他便自觉与同学结伴买票搭车回来。生活费也是同班同学中花费最少的，但成绩却稳步提升。由于缺少对儿子的照顾，导致儿子有一次竟晕倒在课堂上，我深深地感到自责。

  现在想来，我不仅欠儿子许多，欠父母的更多。也许做人就是这样，就是因为有父母的恩泽和自己对儿女的关爱，才让我们时时具备感恩之情，处处有关爱之举。

姿态

干拌面风波

3个多星期没有见到在延安读书的孩子和年近古稀的父母了。昨天好友打电话来，说他开车去延安，让我们随他同去。正好是公休日，我们便结伴来到这片红色圣地。见到家人后，发现父亲气喘的老毛病有些加重，我不由得有些担心。爱妻与母亲总有着说不完的家长里短，儿子见到我们也高兴得不得了，非要与我下棋。直到夜里11点多钟，一家人才休息。

大约是早晨6点多钟，睡意正浓的我被儿子的大声吵闹惊醒，不由得发了脾气。儿子含着泪水吃了几根方便面，去补课了。我起身来到客厅一看，父亲早已起床，一边咳嗽一边仍抽着烟，母亲在不停地絮叨着自责着，爱妻则忙着安慰她,并且手里端着一碗方便面,一边吃着一边说味道真不错。看到地上有一张卡片,我顺手捡了起来,原来是干拌面的使用方法说明:加入沸水,3分钟后将水倒出,然后将调料与面条拌匀后,即可食用。

在爱妻的劝慰中我才明白,儿子吵闹的导火索竟与她手里端着的这碗面有关。原来是目不识丁的母亲为让我们多睡一会儿,早早起来给我儿子准备早餐。她把儿子买回来的干拌面加入鸡蛋和火腿肠煮熟后,加调料时,把贴在干拌面盒上的赠品——一袋速溶咖啡也当作调料一并加入干拌面里了。

看到年迈的父母坐在那里自责,我流泪了。为自己刚才的大声言语伤及父母感到羞愧万分,又为我的儿子起早贪黑、寄宿他乡感到无限心疼。

这些年来,将儿子送到教育质量比较好的学校上学真是辛苦了他。儿子读到初二前半学期时,有一次因营养不良晕倒在课堂上,我与爱妻听到消息后匆忙叫了辆车赶往延安看望他。从那时起,我便有了请家人去延安为儿子做

> 姿态

饭的想法。可是问题也来了,我与爱妻工作特别忙,让谁去都不合适。我的父母都年近七旬,为了我们已操劳了一辈子,我不想让他们为我的儿子再受这份罪。唉!这真是一件愁心事,我也只能说说,并没有实施。但也就是从那天起,我发现我的父母开始锻炼起身体。我以为是老两口年纪大了,睡不着,故而早早起来去走一走、转一转。

去年7月的一个下午,父亲打电话给我,说如果下午没事,让我回家里吃饭,他和母亲有话要给我说。我有些紧张了,这几天由于忙一个案子,一直没有回家看看,是不是父母的身体有什么不适?下班后我便匆匆赶回家里。

父亲告诉我,经过这半年多的锻炼,他和母亲的身体明显变好。他已托人在延安租下住房,准备从孙子初三开始,到延安为他做饭。我被父母的举动惊呆了,坚决不同意。父亲却耐心地说:"让你去延安吧,你的工作不允许;让你婆姨去吧,你的衣食住行就没有人管了。所以,我和你母亲是最合适的。"我说让孩子继续住校也好着呢。父亲急了,说:"我不想让我孙子再晕倒在课堂上,也不想让你们再为他在半夜三更叫车去延安。再说房子已租好了,钱也交了。"

我看到年迈的双亲坚定的表情,鼻子一酸,便有泪涌出。我忙去了卫生间,此时心中像是打翻了五味瓶,真正体会到了"可怜天下父母心"的深刻含义。

父母去延安后,爱妻再也不用打电话问有没有顺车或早早起来赶第一趟班车去延安。儿子的学习成绩直线上升,身体变得格外强壮,这都是我父母的功劳。我欠父母的真是太多太多。

干拌面事件发生的中午,一起吃饭时,一家人又回到和睦之中。懂事的儿子主动向奶奶道歉,我也向父母道歉,并提出让父母回到县上的请求。父母坚决不答应,并说如果儿子考到西安上高中,他俩也要随儿子去西安。

多么善良的老人,多么可敬的父母!愿天下父母,长寿安康!

姿态

兄弟情结

好多人都问过我同样的问题：你们几个经常在一起的人，既非同宗同姓，又非同班同学，为什么几十年来一直相处得这么好？一般来说，各自成家立业以后，关系再铁的"死党"也都纷纷解体，而你们却越来越紧密，就连你们的妻子们也都亲如姐妹，这是什么原因呢？

这些天已近年关，单位已放假，可以说是闲来无事，我仔细地对我们这几个要好的哥们儿一一进行揣摩，认真进行回忆。我决定解答这个被多人提问的问题，给更多人分享我们的兄弟情谊。

20世纪70年代初我上小学的时候，建生、永胜和我是同班同学。上初中时，我和建生都住在父亲的工作单位——县供销社，军博的父亲在税务局工作。这两个相邻的单位都位于县中学对面，并且我父亲的办公室是两孔砖窑，一孔我父亲办公，一孔则由我居住。我和建生、军博又在同一班里就读，因此，那孔我住的窑洞就成了我们三人的乐园。早晨一起出发，夜晚同时归来。

上了高中，我还住在父亲的办公室。海民、老万、永胜又和我是高中同学。伟忠从张渠考入县中，与建生、军博成为同学，并且伟忠的父亲也在税务局工作。从那时起，我们几个在学校便有了小团体的雏形。

高中期间给我们留下了美好的回忆。经过文理分班以后，我与老万、海民、永胜分在一起，建生分在另一个文科班，伟忠和军博分在一起。当时对于我们这几个学习一般的人来说，玩耍被当作了"主业"。我们用我父亲和永胜姐姐的自行车学会了骑车子，还坐上建生父亲的汽车去过延安。要知道那时能去一次革命圣地延安，是多少人羡慕不已的事情。还记得我们淘气，用父母给的买学习用品的钱轮流坐庄请吃"月亮"牌方便面，当初可真是一件快

> 姿态

乐事。后来，堆积如山的方便面袋子被我父亲发现，父辈们之间大概经过沟通和联系，我们的零花钱统一被"克扣"了。从那以后，我们几个人立下一条规矩，每次吃完后空袋子必须当晚全部处理掉，这些事情大都让为人勤快又好干净的建生抢着干了。那时我们虽然淘气，但值得庆幸的是，我们几个人都没有去学抽烟和喝酒，弟兄之间也从未有过赌博行为。

1984年高考，除军博考入西安交通大学，我们几个人都名落孙山。不过，都有了各自的人生站点。老万去电力局上班，海民在县广播站谋到编辑岗位，永胜在他父亲的公司站门市，伟忠当上税收助征员。建生当时干什么，我记不起来了。而我则又背起书包，走进校园开始复读。

插班不到一个月，参加工商行政管理干部考试，我与海民、永胜、建生都报名参加，我幸运地被录取，分配到金丁工商所工作。第二年，海民被杏河税务所录用，建生录在永宁营业所，永胜录在周河营业所。此时，我们几个人都有了自己的事业。

> 温度

　　无巧不成书，结婚以后，永胜、海民的妻子名字都叫文英，我和建生、军博的妻子名字里都有兰字，而老万和伟忠的妻子名字里都有红字。也许就是这一巧合，现在在我们这一"大家庭"里，丈夫以兄弟相称，贤妻则以姐妹相论，当然有时还都开玩笑以亲家相称。到现在算来，可以说我们已经共同走过了30多个春秋。

　　几十年里大家互相帮助。有一次军博母亲病重住院，军博又远在北京，是建生三天三夜守在医院，在病情不见好转的情况下，永胜叫来两部车，建生和我把军博母亲送到西安就诊。此举让县医院的医生和同病房的病人及家属非常感动，交口称赞。还记得有一次，我爱妻晕倒在街上，是永胜骑着车子满街找我，而爱妻晕倒后未打完的工作文件，则是海民背着女儿，连夜打印好送给发文单位的。

　　过去县上每逢过大年，家家户户都爱在院子里接一盏灯。那时这件事对其他人是一件比较麻烦的事情，但对我们兄弟几家来说，那可是再容易不过了。每逢年关，老万

> 姿态

便拿着电线、灯头、灯泡,一家一家地给你接好,就连我的老家双河乡大庄科村的通电,也是老万主动协调,赠料减费去完成的。

去年,伟忠新买的汽车开去银川保养,不料到吴起时发生事故。建生、海民急忙前往,永胜叫车把受损汽车送到延安黄泰,我则在酒店等着为他压惊。饭后我们一同把他送回家里,过后我们一同去延安处理汽车修理和理赔事宜。

前些天同事送给我一块野猪肉,我把这一事告诉给我的弟兄们准备大家一起分享。没想到下午的一个会议一直开到下午6点,待我赶回家时,永胜笑着告诉我,主家还没回来可是已经有了醉汉。我一看,野猪肉早被一扫而光,两瓶白酒也已见底,伟忠醉得睡在床上不停地打着酒后电话。爱妻笑着说,还不到5点的时候,你们几个兄弟就来了。

这些年来,我们兄弟之间已形成一条不成文的规定:无论是谁的父母、妻儿有病,无论再忙,我们都会共同探视。谁家里有个磕磕碰碰,便自有贤妻们去好好处理。

温度

　　就是这一件件普通得再不能普通的小事，使我们这些已过不惑之年的弟兄们关系更为密切，情感更为深厚。细细想来，这样的关系一直保持到现在，理由很简单，那就是我们之间从始而终都是真心相待。我坚信我们之间的情谊，必将相伴永远。

> 姿态

今夜难眠

2008年5月12日下午2时28分,四川省汶川县发生7.8级地震,后修正为8.0级地震。

当时,我们正准备召开专项检查安排会议。突然,有人喊"怎么回事",会议桌在动,屋顶的电灯摇晃不停。这时有人喊道:"地震了,赶紧下楼。"同参会的许多同志蜂拥而出,愚钝的我和几个同志趴在窗前往下看,果然县委、县政府大院站满了惊恐的人们。此时,我们几个感到更明显的晃动,便赶紧撤离。

大约半小时后,会议在惊恐中继续。有人说震中在内蒙古,也有人说震中在西安,后来大家查看手机报上讲,震中在四川汶川县。会后,我匆忙打开电脑,胡总书记已做出重要指示，温总理已前往灾区。此刻，我意识到这场灾难之大，比今年的暴风雪来得更猛，危害更大。

我心急如焚，想赶回家了解地震的情况。偏偏这时工作繁忙，直至晚上7点多才回到家里。匆忙打开电视机，中央台和各地方台全都在直播地震的消息。让人焦虑不安的是，仍没有汶川的消息。直到夜里10点的时候，脸上挂满泪水的妻子告诉我该给远在宝鸡的大姐打个电话，听说宝鸡也受到余震的波及。此时此刻，我才想起我的家人，我赶忙打电话给大姐。幸好，大姐告诉我她没有受伤，不过宝鸡那边房屋损坏，他们都在大街上躲避。

午夜过后，汶川仍未有消息传来，妻子倒在沙发上睡着了。我苦苦等待，默默祈祷。凌晨3点，只获得了一些防震救灾的知识，汶川仍没有消息，让人挂念。

今夜我失眠了，我知道有很多的人同我一样失眠了。

> 姿态

清明节放假

清明是二十四节气之一。这个节气的第一天,被称为清明节。据说起源于我国黄河流域,确立于秦汉年间,也是农事活动的主要依据。江南有"清明谷雨两相连,浸种耕田莫迟延"的说法,江北有"种树造林,莫过清明"和"清明前后,种瓜种豆"的农谚。自古以来有关清明的诗、歌、书、画多不胜举。首先是我们耳熟能详的杜牧的绝句"清明时节雨纷纷,路上行人欲断魂。借问酒家何处有,牧童遥指杏花村"。再是《清明上河图》,展示的是宋朝都城开封的清明时节"恍然如入汴京,置身流水游龙间,但少尘土扑面耳"的繁华景象。这些记载着清明节的诗画,印

温度

证了清明节自古便是中华传统文化。

今年，清明节被列为国家法定假日，官方发文称清明节假日可与双休日前后移并；媒体发稿称清明节假日为"小长假"，可以登高踏青、出门旅游。

天刚蒙蒙亮，我便被妻子推醒。我知道清明节对她和我来说，是一个应当牢记的日子。去年，我那年迈的岳母因病医治无效，匆匆地离我们而去。按照陕北的习俗，我们将岳父岳母合葬于延安城北仙鹤岭公墓，约定今年的清明节为岳父岳母立一块碑，寄托我们的思念之情。一路上妻子沉默不语，我知道她定是想起了生前关爱她的父母。我不敢去安慰和劝说她，我知道只要一开口她一定会哭出声来，只好默默地祈祷能快一点到延安。

哥哥嫂子和两个侄儿，早早等候在西北川的路口，相遇后我们一起前往仙鹤岭公墓。祭奠的人们分散在公墓的各个角落。与往年不同的是，在祭奠的人流中，许多人手捧鲜花和花环，这一文明的祭奠方式说明人们对环境的关注度提高了，关爱自然的意识增强了。

> 姿态

  我也在仙鹤岭公墓门口买了一束鲜花，恭恭敬敬地捧着，缓缓地走在祭奠的人流中。哥哥告诉我，石碑已刻制完成并且已安放妥当。我抬眼向仙鹤岭公墓最高一层望去，被红绸罩着的墓碑，耸立在岳父岳母的合葬墓前，格外引人注目。

  我们默默地来到墓前，轻轻地揭起红绸，虔诚地献上鲜花和供品，寄托我们的哀思。妻子内心的悲痛再也控制不住，哭出声来，哥嫂急忙安慰。站立在两位老人的墓碑前，我想起岳母去世前留给我的话语："你要知足了。你们那时候什么都没有，结婚的地方都是借人家的，现在你单元楼也有了，官也当上了，娃娃学得又好又听话，你还有什么不满足的？要好好给人家工作，不要让当官的人训你……"这些真情意切、语重心长的话语，将永远留在我的心里，时时提醒着我、激励着我。我知道这就是"知足常乐、能忍自安"的真谛所在。

  仙鹤岭归来，妻子的情绪异常低落，她提出上银川，我答应了下来。我们沿着包茂高速延靖段向北驶去。我本想既然到了清明，高速路两旁一定是绿草吐芽、行道树成行，谁知两边除了村庄便是山峦，让人感到视觉疲劳。直到进入宁夏地界，高速两旁才看到星星点点吐芽的绿草。

经过靖边县和定边县的交界处，我望着一望无际的戈壁，突然冒出奇想：如果把志丹、吴起、安塞三座县城都移到这里，必然能建成街道宽展、楼房林立的城市。反过来，如果让这三个县的人民都移民到这一戈壁，若干年后，志、吴、安三县一定会植被繁茂、绿色尽染。就这样想着，不知不觉已穿过黄河大桥，走入西口——银川。

这里不愧为塞上江南，高速路旁的绿树绿草长得枝繁叶茂，让人顿时消除疲倦之感。路旁的风景让人目不暇接，果真是"天下黄河富宁夏"。当我看到愁眉苦脸的妻子脸上终于露出笑容，我知道这大概就是自然的治愈力量所在。

我爱你，山青水绿的大自然；我爱你，塞上江南。绿色能带给我们向往，带给我们激情，它是我们每个人的期盼。让我们衷心地祈祷家乡也能尽早绿起来。

姿态

人过四十不学艺

但凡人到中年，都必须面对这样的现实：上有年迈的父母，下有未成年的孩子，手中有干不完的工作、忙不完的琐事。

在忙碌的工作中，不经意间被无情的岁月推入中年，此时此刻的我，才真正体会到"岁月如梭"的含义。既然加入不惑的行列，我当然也得把自己的昨天、今天和明天去理一理。思来想去后得出这样的结论：昨日过眼云烟，眼下平平淡淡，未来风雨兼程。特别是爱妻下岗后，让我不得不去正视这样的现实：再过十几年，我也将退居二线，退下来的我能干些什么？经商办企业吧，对于债台高筑的我无疑是雪上加霜；出去走走看看吧，囊中羞涩的我肯定是步履维艰；继续到单位上班帮忙，想必年轻的同志都会认为我年龄大了该多多休息；整天下棋打牌吧，咱又没那爱好。就是这样的困惑让我始终找不到准确的答案。但有一次偶然的机会却让我豁然开朗。

为纪念红军长征胜利70周年和刘志丹将军牺牲70周年，县文联准备出一期特刊，纪念这重要的历史时刻。基于此，我把我多年来对志丹陵园的深厚感情宣泄于纸上，写成《再谒志丹陵》这篇文章。不料想它被《红都》杂志刊出。可以毫不夸张地讲，我第一次体会到人们常常说起的成就感。同时，我也对"人过四十不学艺"的说法产生极大的怀疑，看来人过四十再学艺，那才是"秀才学阴阳——轻车熟路"。

最近小弟给我发来一则短信，内容是这样的："纸的断想：出生一张纸，痛苦一辈子；毕业一张纸，奋斗一辈子；婚姻一张纸，折腾一辈子；做官一张纸，斗争一辈子；金钱一张纸，辛苦一辈子；荣誉一张纸，虚名一辈子；看病一张纸，花钱一辈子；火化一张纸，了结一辈子；淡化这

> 姿态

些纸，明白一辈子；忘了这些纸，快乐一辈子。"

就是这则短信，更加坚定了我四十学文的决心，我深知只要开始，对于明天来说就不算迟。

学文以来，我觉得自己的生活充满了无限的乐趣，再也不会因为闲而无事和爱妻争换电视频道，更不会在茶余饭后因为空闲而东奔西跑。我打算学着文人墨客，建一个自己的书房，名字就叫"不惑阁"。

温度

堵

2012年国庆假期，首次实行小客车免收高速公路通行费。于是，大量的私家车选择走高速公路出行。这样一来，堵车便成为今年国庆长假的一大热点，有人便把"堵"作为这个假期的关键词。网上吵，视频议，众生谈，可以说到处逢人都说堵。无独有偶，我虽未加入外出之旅，却被堵在家里。对我来说，这个假期也给我留下深深的"堵"的记忆。

原本打算与几位好友结伴去莫高窟游玩，但是最终未能成行。其因有三：一是我那年迈的双亲双双住进县医院，我不能离去；二是两位30多年未曾见面的小学同学相约结伴而至，让我不便离去；三是将军广场工程被阻拦，无法施工，让我不敢离去。

姿态

记得我曾写过一篇《2009年国庆纪事》，记述着那一年国庆喜逢中秋佳节，加上外甥女出嫁，我陪父母双亲去渭南参加婚礼。返回时途经西安，父亲母亲登上西安古城墙，漫步大唐芙蓉园，游逛西安的大街小巷，兴致勃勃，毫无倦意。短短3年过去，如今二老却因生病在国庆节双双住进了医院，真让我心急如焚，愁绪万千。

我的父母都出生在20世纪30年代末，可以说是饱经沧桑，受尽苦难煎熬。新中国成立前，年幼的二老整天东躲西藏；新中国成立后，穷困又让二老经常是吃不饱、穿不暖；改革开放后人们生活开始有了好转，二老却赶上退休在家，那时虽说解决了温饱，但没赶上小康；这些年生活水平提高了，二老的身体却不行了。

记得小时候，家家户户过年能吃上大米和黄米两样掺和在一起的"两米饭"，就算佳肴了。有一年腊月，父亲去汉中开会，在当地买了30斤大米。父亲将大米装进公文包，无奈大米太沉背带断裂，父亲只好一路抱着公文包几经周折才回到志丹。现在想来，父亲死死抱着那米，说明那米对父亲来说是多么重要。那一年过年我们才真正美美地吃了一顿纯大米饭。

至于我的母亲，为我们这个家更是付出全部心血，给我留下刻骨铭心记忆的就是解决吃水问题。那时县城很小，北至城关公社（现志丹陵附近），南至桥沟。我记得城北只有两口公用水井，母亲忙完城关中学（现城关小学）做饭工作，要顺便担一担水回家，很不方便。为此，母亲便在院内开始打井。在众亲朋的帮助下，6丈深的水井打成了，家里的吃水问题解决了。无奈，水量越来越小，只有到夜里才能打够家里一天的生活用水……

眼下，我们兄弟姐妹都长大成人，生活也都过得去，该是二老享福的时候了。可二老的身体却成了问题，每年春秋两季，必须住院治疗一阵。你说这怎能不让人揪心堵心呢？

还有我那两位30年未曾见面的小学同学，人家兴致勃勃、千里迢迢赶回来，决不能让人家感到冷遇，必须得热情接待。为此，我只能是每天上午去医院买药看护，下午求亲戚朋友们帮助照看，去参加同学会，晚上再匆匆返回。

> 姿态

那两位同学的到来,让几十位住在县城的同学欢聚一堂,追忆往事,其乐融融。我又不想让大家知道自己双亲住院,让同学们破费去探望,只能是在聚会上时隐时现,最终还落下了个和同学们关系不好的名声。你说这堵心不堵心?好在两位老人出院后,我把这事告诉铁哥们儿,让他给远在他乡的同学打电话说明事由,求得了谅解。

更让人堵心的事,就是将军广场建设项目。为了纪念刘志丹将军110周年诞辰,家乡准备在城南入口处杨庄科村修建将军广场,省上拨出专款支持,社会各界翘首以待,建设者们信心百倍。但却有好事者深知此事时间紧、任务重、关注度高,便赤膊上阵阻挡工程。通过了解得知,他们的诉求与工程风马牛不相及,真是让人又气愤又堵心。好在这个老大难问题最后得以解决。

这就是我的2012年国庆长假,可以说与在路上堵着的车辆一样与"堵"字相伴。虽说假期未能消除往日的劳累,但也是一次生活的经历。人在世上难免要遇到不如意的事情,我们只有勇敢地去面对它,迎接它,挑战它。

行吟

行吟

济源拜水

水是万物之源，人们生活离不开它。乙未年盛夏，济源之行让我对水有了更深的理解，也让我对孔子所说的"智者乐水，仁者乐山"一语有了较深的领悟。我想告诉诸位，如果您到过济源，定能知晓水之高贵，水之精妙，水之深奥。

据《山海经》记载："济水出共山南东丘，绝钜鹿泽，注渤海，入齐琅槐东北。"难怪唐代大诗人白居易临水而叹："自今称一字，高洁与谁求？唯独是清济，万古同悠悠。"正因如此，自人文始祖黄帝祭济水以来，济水一直受到上至君王重臣、下至庶民百姓的顶礼膜拜。济水所体现的这种秉性顽强、不滥不竭、济世泽明、品质高洁的精神

> 姿态

是中华民族精神的核心内涵之一。所以，自古以来文人士子们就把济水作为修身立业的精神楷模。

现在想来，为什么古代众多帝王重视参拜济水？主要是古时交通不便，山高路远，不想让帝王们受舟车劳顿之苦。故而，每祭祀拜水必选济源。

值得一提的是，关于"渎"的解释，上古时期，中国将境内四条独流入海的河流称为"渎"。即东渎淮河，南渎长江，西渎黄河，北渎济水。济水是四渎中最为独特的一条，称北渎大济之神。作为祭祀济水神的济渎庙也得到了历代增修，逐步形成了规模宏大、布局有序的古建筑群。这里不仅有中原地区最古老的木结构建筑济渎寝宫，还有明代木牌楼之冠清源洞府门，现存宋元明清各代建筑亭台楼阁样样俱全，几十通连绵千年的碑刻中，既有帝王御书的圣旨诏文，也有文人墨客的歌吟之作，无不为我们描绘着济水文化昔日的辉煌。

有幸参观济水之源，我们跟着讲解员细细品味，虔诚膜拜，肃然起敬，至今记忆深刻，回味无穷。但也留下些许遗憾：气势磅礴的小浪底排沙之水未得一见，灵秀通幽的红石峡之水也是匆匆一过，人工天河红旗渠之水因为时间关系只能留影一张。

现如今水污染事件频繁出现，更让人心痛的是古代帝王频频光顾的济水也断流了。看来节水的警钟已经敲响，我辈自当从现在做起，从细小处做起，节约每一滴水，让生命之水万古流长。

姿态

神奇的猫巷

我一个土生土长且年过半百的志丹人，对于双河东岭是再熟悉不过了，这里的山山岭岭和崎岖的道路永远留在我的记忆深处。这些年我又连续包村帮扶刘家湾村和白杨树湾村，可以说走遍了这里的梁梁峁峁、沟沟畔畔，但我却不知道这里还有峡谷。

己亥年端午，一支精英群体的到来，让我知道了这个神奇之地——猫巷峡谷。虽说之前有很多人谈起有个大峡谷，有人说在永宁镇梢沟，也有人说在杏河镇边嘴，还有人说在双河镇毛项（现定名为猫巷）。但因为家乡的红砂岩随处可见，且易风化易脱落的特性几乎被认为是灾害性地质地貌，加之长期被洪水冲刷形成的沟沟洼洼遍布境内，所以我对那传说的峡谷一直不屑一顾。但是面对这些发小推荐来的客人们，我无法推托，决定陪他们一探究竟。

入夜的小雨给客人们带来了不便，我知道这些来自城里的人们没带雨具，会因为道路的泥泞、沟谷的积水和装备的不充分阻断行程。于是我一大早便在小县城七拼八凑了20双雨鞋，消除了他们的顾虑，告诉他们可以大胆前往。

雨后的猫巷峡谷多了一分清爽，我们伴着阵阵扑鼻的青草芳香走入峡谷。

传说中的猫巷峡谷犹如一幅巨大的山水画卷，在我们眼前徐徐展开。她那神秘的面纱渐渐脱落，神奇的美景逐一展现。走过一段野花野草丛生的土地，开阔的峡谷口便呈现在我们的面前。同伴中有人开始拍照，有人欢呼雀跃。

渐渐地峡谷由宽变窄，遮天蔽日、千岩竞秀的景致也就随之而来。整个红谷岩壁经过千百年来的冲刷风蚀形成了形态各异的流线，在从天缝透过的光线映衬下，宛如舞动的彩带，婀娜飘浮，让人目不暇接。雕岩壁上的青苔挂

> 姿态

满了娇滴滴的露珠,谷底溪流的水花时隐时现,横卧在峡谷中央的枯木被藤蔓缠绕,夹在峡谷中央的巨石在头顶高悬,让人叹为观止。还有那些状如蘑菇的岩石、冲天的石柱和不知道如何形容的怪石等,让人为大自然鬼斧神工的创造力所折服。一行人在赞叹中漫步前行,在美景下留影,走走停停。宽阔处我们大步流星高歌猛进,狭窄处我们屏气侧身挤过,错落处我们嬉笑着踮脚低头,更多地方则是我们猫着腰前行,这大概就是"猫巷"名称的由来。

此时此刻,我被这神奇的雕岩红谷、多彩的地缝世界所震撼,为每每与这距县城一步之遥的美景擦肩而过而悔恨。试想,如果这些美景处于文人墨客聚集之地,定会赋予传奇的色彩和动听的故事,让人津津乐道、广为传颂。如果徐霞客来到猫巷峡谷,这里可能也会名扬九州吧。

也许是过度兴奋,竟忘了时间,来回18公里的红谷之行,不知不觉间已踏上归途。回头望去,那幅让人眷恋的画作已徐徐卷起。此刻,我想起了法国著名雕塑家罗丹的经典名言:"美是到处都有的,对于我们的眼睛,不是缺少美,而是缺少发现。"值得庆幸的是,近日《猫巷峡谷景区旅游总体规划》通过评审,打造中国红谷世界地质公园的号角已经吹响,相信在不远的将来,一个"亲轻野,微休闲,泛文化"三元融合、"求新奇、近小众、深体验、重融合"的全方位峡谷型景区便会呈现在我们的眼前。好客的红都儿女会张开双臂,迎接四面八方的亲朋好友,让"赏猫巷自然壁画,品亿年地质奇观"的蓝图成为现实,在美景中留下您的快乐。

— 姿态 —

乐山礼佛

小时候看《神秘的大佛》时，深为大佛的神秘、伟岸所震撼。特别是海通法师那句"自目可剜、佛财难得"，让人铭刻于心。但那时苦于信息传递不便，我真不知道大佛安坐在哪里。后来知道了大佛在四川省乐山市，可又苦于没时间去礼拜，每每只是打算。辛卯年冬月有幸去了成都市，见识了让我魂牵梦绕的乐山大佛。

精明的四川导游在我们前往景区的路上，一直介绍乘船在岷江上看大佛的好处如何如何，登乐山的辛苦怎么样怎么样，但我始终坚持登山礼佛。同伴中有随导游乘船而去的，其余的便跟随一位来自大佛景区的导游步行登山走近大佛。导游毕业于佛学院，渊博的佛学知识着实让人钦佩。

乐山大佛是世界上最大的一尊石刻佛,通高71米,肩膀宽24米,头直径10米,头上有1051个发髻,耳朵有7米,嘴巴和眼睛长3.3米,眉毛和鼻子长5.6米,颈高3米,指长8.3米,膝盖到脚趾28米,脚宽8.5米。难怪人们说"山是一尊佛,佛是一座山"。

我们紧随着熙熙攘攘的参佛人流,慢慢地在大佛左侧的九曲线道行进,礼拜大佛。

大佛雄伟壮观,双肩壮实,胸脯饱满,体现了唐代崇尚的"以胖为美"的审美标准。大佛神情温文尔雅,神态和蔼可亲,凝思中蕴含智慧,威严中带有慈祥,着实让人感到崇敬和亲切。

大佛始建于唐玄宗开元初年(公元713年),先后有3位功臣,历经90年修建竣工。最初主持修建的为海通法师。据说古时乐山为三江江流交汇之处,水势凶猛,时常发生船毁人亡之事。海通法师便大发慈悲之心,四处化缘,修佛镇水,"自目可剜,佛财难得"就是海通反对某

| 姿态 |

一贪官污吏想吞并佛财而说的话。可惜大佛在建到肩部之时，海通圆寂了。大约又过了10年，剑南西川节度使章仇兼琼，捐出数年月俸，继续修造。后因章仇兼琼升迁，再度停工。再后来，由剑南西川节度使韦皋捐数年月俸，建成大佛。

我们从大佛的左侧通道拾级而上，行走了百余个台阶，经过几个石洞通道来到佛首的步道。在导游的提示下，我们看到佛首髻发间巧妙地设置的散水道，这也是大佛千年依存的重要保障之一，我们不得不为古人巧夺天工的技术所折服。导游还告诉了一个让我们觉得此次真是来对了的消息，说在以后的日子里，再也不会有现在这样的礼拜机缘了。国家为了保护大佛，从明年起要按照过去大佛曾经有过的防护塔，重新建造一座与大佛齐身的宝塔，将大佛团团罩住，为的是让我们的后代还能看到大佛。

乐山是我们四川之行的第一站，除了大佛留给我美好的记忆外，四川导游顾全大局的意识也让我赞叹不已。

| 行吟 |

我去过不少地方，每到一处导游都会说自己多好，下一站如何如何。而四川导游会在当你感到不尽如人意时，告诉你下一站比这还好；当你觉得有些东西还未了解到时，他会告诉你，下一站还会有机会。就是他们在自行介绍景点时也会时不时地告诉你，你们到下一站那里的导游会继续讲解。这样的悬念会勾起游客的好奇心，让我们必须在四川境内再走走，再看看，再买点什么带回，最终让你把鼓鼓的钱袋变成鼓鼓的行囊。我觉得这就是天府之国儿女的精明之处。

|—姿态—|

庐山探幽

我对庐山的记忆是从电影《庐山恋》开始的。那时正值改革开放初期,这部电影以特别的视角展示了全新的生活观念,真让人大开眼界、耳目一新。那时的人们仍停留在"新三年,旧三年,缝缝补补又三年"的衣着习惯中,可片中女主角每次出场的衣着都更换一次。有人做过统计,女主角共换了46次衣服。尽管那时那些衣服被视为"奇装异服",但留给人们的感觉都是美的。《庐山恋》已创下中国电影史上的好几个第一,也是世界上唯一一部在同一影院连续不间断长时间放映的电影。

后来读了李白的《望庐山瀑布》,知道了庐山的山水;

学习中共党史，知道了党在庐山的风云；拜读毛主席的"暮色苍茫看劲松，乱云飞渡仍从容。天生一个仙人洞，无限风光在险峰"，知道了庐山美景之多。

己丑金秋，我有幸登上庐山，想起东坡先生的"不识庐山真面目，只缘身在此山中"。住在庐山，得细细地观、慢慢地品。庐山没有泰山的雄伟，没有华山的险峻，它之所以久负盛名，享有"匡庐奇秀甲天下"之美誉，是因为它那悠久的历史和灿烂的文化。

这是一座集风景、文化、宗教、政治为一体的千古名山。远在周代，匡氏七兄弟上山修道，结庐为舍，是关于庐山的最早记载。相传吕洞宾在仙人洞修炼，被称作"称师亦称祖，是道仍是儒"。朱熹建白鹿洞书院，弘扬"理学"文化；陶渊明以康王谷为背景，写下《桃花源记》；白居易感慨"人间四月芳菲尽，山寺桃花始盛开，长恨春归无觅处，不知转入此中来"，留下"花径"古迹。

有人把庐山定位在历史造就此山，文化孕育此山，名人喜爱此山，世人赞美此山。还有人说，庐山春如梦，夏

— 姿态 —

如滴，秋如醉，冬如玉。而我庐山此行，对锦绣谷、花径、秀峰、五老峰、芦林湖、乌龙潭、三又叠泉等风景区仅有些许记忆，因为这些自然风景似曾相见，唯独对"美庐"和"庐山会址"记忆深刻，是因为这两处承载着中国的历史，承载着人们对历史的记忆。

| 行吟 |

韶山朝觐

从小我就有着韶山情结,记得那时有首歌是这样唱的:"车轮飞,汽笛叫,火车向着韶山跑。穿过峻岭越过河,迎着霞光千万道……"

可以说我们这些生在新社会、长在红旗下的人,对韶山、井冈山、宝塔山情有独钟。己丑年金秋,在伟大领袖毛主席116周年诞辰、逝世33周年之际,我去韶山的梦想得以实现。

从主席故居开始,我们怀着无比崇敬的心情,缓缓行进在人群之中。1893年12月26日,伟大领袖毛主席就诞生在这"几"字形排列的故居。故居由东头13间半瓦房和西头5间半土砖茅房组成,正门悬挂着由邓小平亲笔题写

> 姿态

的"毛泽东同志故居"7个镏金大字。我默默地跟随着从四面八方赶来的人们,从主席及其家人们住过的房屋前一一走过。看到这朴素的故居,我不由得感动。

走出故居,导游带领我们来到对面的一块平地,讲述起故居是按照"前有照后有靠"的风格建造的。远远望去,其背靠郁郁葱葱的青山,面前是荷花池。我站在荷花池边,想起伟人写下的《七律·到韶山》:

别梦依稀咒逝川,

故园三十二年前。

红旗卷起农奴戟,

黑手高悬霸主鞭。

为有牺牲多壮志,

敢教日月换新天。

喜看稻菽千重浪,

遍地英雄下夕烟。

我们从字里行间不难看出他回到阔别多年的故乡,想到了为革命牺牲的亲人们和对他们的怀念之情。在"毛主席纪念馆",我们了解了主席为革命英勇牺牲的亲人们。接下来,拜谒主席铜像是我们韶山之行的主要任务。当我们抬着悬挂"永远怀念毛主席""中共志丹县纪检委敬"挽带的花篮,缓缓走在铜像前的红地毯上时,同行的每个人心里都无比激动。作为红都儿女,向曾在红都保安生活战斗过的伟人献上我们的敬意,那种自豪感和喜悦的心情可想而知。

主席铜像重3.7吨,高6米,基座高4.1米,通高10.1米,寓意"10·1"国庆,象征着毛泽东是新中国的缔造者。铜像面朝东南方,身着中山装,左胸前挂着"主席"证。手执文稿,目光炯炯有神,面带微笑正视前方。铜像再现了伟人出席开国大典时的风采。我们在导游的组织下,默默向铜像三鞠躬后合影留念。导游向我们讲述起关于铜像的传奇故事:铜像在南京铸成后,途经江西时,汽车莫名其妙地抛锚了,有人说主席想在江西住一宿,果然第二天抛锚的车辆神奇地能正常行驶。故事真假我们无从得知,但对伟人的敬仰,我们是发自内心的。

姿态

  这中间还发生了一件事，在"毛主席怀念馆"参观时，当我们来到主席戴八角帽的照片前，讲解员介绍这张照片是在延安拍的时，同伴们告诉讲解员，这是1936年美国记者斯诺在我们的家乡——红都保安拍的。我想那讲解员在今后的讲解中，不会再说这张照片是在延安拍摄的，一定会提到是在红都保安。作为志丹人，我骄傲。

  此次来到韶山，了了我多少年的心愿。惜别之际，我再一次驻足，默默祈祷赐福于我的家乡，让家乡的红色旅游亦能如韶山一样长盛不衰。

行吟

漫步齐鲁大地

这次,我去了山东人引以为傲的"一山一水一圣人"之地,而且专程去了泰山、趵突泉、三孔,所以我以《漫步齐鲁大地》为题表示我的敬意。

五岳独尊——泰山

我对泰山的最早认知,是上初中时学到的杨朔的散文《泰山极顶》,记得杨先生把泰山夸为一幅巨型的水墨丹青。后来便是通过各类传媒的广泛宣传,让我知道了泰山的一些传说和故事。再后来,与泰山接触最多的便是第五套人民币的 5 元纸币,纸币背面赫然呈现的就是五岳独尊的泰

| 姿态 |

山,与我们朝夕相伴。

大概是早上5时许,负责任的列车员和导游便让我们做好下车的准备。由于车票紧张,我们购的西安至济南的车票,我想她们是怕我们与泰山擦肩而过,所以才叫我们早做准备。到泰安站后先是由于地接导游未至,后来又是大巴车误点,我们在泰安车站广场上饱受着寒风的洗礼。我当时担心是下错了车,因为按泰山的名气,这会儿早就该是人来人往了。但不一会儿又有一列火车到站,人顿时多了起来,看来我们是来得早了。

我们从天外村的天地广场出发,加入登山队伍的人流之中。我一直在寻找杨朔文中提及的岱宗坊,而眼前却是为纪念泰山荣获"世界自然和文化双遗产"而建造的天地广场。导游告诉我如今登泰山有四条路径可行,我们走的是第二条路,看来我们无缘拜访泰庙岱宗坊了。

大约经过半个小时的车程,我们来到中天门。泰山像一幅巨大的山水画呈现在我们眼前。导游告诉我们中国画有"三绝",即书、画、印。画和书不言而喻,就是那山那水那路,印在哪里着实让人难寻。原来远处乾隆皇帝的"万丈碑",便是这幅迷人山水画的宝印所在。

我心里只想早点登上南天门,去感受"会当凌绝顶,一览众山小"的意境,便无暇顾及沿途的风光,什么云步桥、五松亭、望人松等景观都与我擦肩而过。大概又过了一个小时,因体力不支,我歇息下来,这会儿才想起那么多有名的景点,不要说去欣赏品味,把多拍照留念也忘得一干二净,只在一处刻有"翔凤岭"的石崖前拍了张照片。

抬眼望去,南天门高高地耸立在十八盘道的尽头,让人兴奋、生畏。我想,郭沫若先生的名篇《天上的街市》在书写的时候,会不会想到南天门这一"天街"呢?同伴们更是坚定信心,一鼓作气,奋力攀登。

走进南天门,便是"未了轩"大殿,东西各有一配殿。这里香烟缭绕,善男信女顶礼膜拜,而我只能穿过人流,去找同伴,我知道他们早已登上南天门。果然,我便是那姗姗来迟之人。我为自己拖累大伙而愧疚不已,便紧随他们向东而去,走上"我想那缥缈的空中,定会有美丽的街

> 姿态

市……"的风景之中。天街北依凤凰山，南为陡崖，中间是石头砌就的街道，一字排开的仿古建筑里为游人提供餐饮、旅游纪念品，最具特色的便是煎饼卷大葱，只是价格是山下的10倍之多。

沿天街东行有一牌坊，额题"望吴圣迹"，相传是孔子与颜渊观望吴国之地。至此，我想起"孔子登东山而小鲁，登泰山而小天下"的名言，一心去寻孔子登泰山之处。

天街的东头为碧霞祠，出东神门北折沿盘道而上，便是大观峰，唐玄宗李隆基御书的《纪泰山铭》金光闪闪，格外醒目。

继续沿盘道而行便是游人最集中的地方——"五岳独尊"的巨石处。因为5元人民币上那"五岳独尊"的巨石立于路东，每个人都想去感受一下它的真实。同伴们或去排队，或去争抢最佳位置，拍照存照。而我选择了让专业的拍照点拍下了这一场景。

"泰山极顶1545米"的极顶石告诉我们，"地到无边天作界，山登绝顶我为峰"。这里是泰山极顶，也叫玉皇顶，是登临泰山之人必到之处。这里地方虽小，人却多得不得了，我们便原路返回到"五岳独尊"巨石处。突然看到许多游人纷纷往东边的悬崖处走去，原来，我一直寻找的"孔子登泰山处"的石碑就屹立在那里。导游告诉我们，这里是泰山观日出的最佳位置。我估计孔圣人在此也是观日出的，但我们此次却无缘观日出了。

有人说泰山是一座神山，那是因为"泰山老奶奶"能帮你逢凶化吉，保佑平安；也有人说泰山是一座名山，那是因为历代帝王多次登山封禅。而我赞同泰山是一座文化名山，一路走来随处可见的题刻便是最好的证明。有人做过这样的统计，泰山约有石刻1406处。像我这样只能在心中留下美景之人，登泰山为的是感受它的博大精深，品味它的霸气，不敢在此造次，只好乘缆车匆匆归去。

天下第一泉

齐鲁大地虽不是江南，但以"一山一水一圣人"形容，自然有它的道理。山东的东北毗邻渤海，黄河穿境而过注

> 姿态

入黄海，微山湖因铁道游击队而国人尽知。省会城市济南因七十二名泉被誉为泉城，唯趵突泉名气最大，被称为泉城的标志和三大名胜之首。为此，专门在济南城中开辟了趵突泉公园，南依千佛山，北靠大明湖，东与泉城广场连接，是集泉水、人文景观于一体的文化公园。

由于齐鲁是我们行程的首站，故而同伴们基本上都没有购物的想法，导游进账自然萧薄，我们也能感受到导游情绪的低落。但一说起趵突泉，导游顿时换了个人似的精神起来，滔滔不绝地讲起来，说趵突泉为济南八景之一，清代文学家蒲松龄曾称赞说："海内之名泉第一，齐门之胜地无双。"趵突泉池中小泉众多，水泡如泻珠玑，有的簇簇，有的串串，晃晃悠悠。水中青藻浮动，锦鱼穿梭。冬季，水汽蒸腾，朦朦胧胧，妙不可言。池岸以石砌垒，四周近水楼台，与池相映；小桥回波，亭榭探水，曲廊蜿蜒；山石挺拔，绿柳轻荡。游人凭栏俯瞰，尽得水趣。周围泉水众多，有著名的金线泉、漱玉泉、马跑泉、卧牛泉、皇华泉、柳絮泉、老金线泉、洗钵泉、尚志泉、螺丝泉、满井泉、浅井泉、白云泉、望水泉、东高泉、白龙湾泉、石湾泉、登州泉、杜康泉、混沙泉等27处名泉。泉畔还有许多名人题刻，为名泉增添了颇浓的文化气息……

在导游如痴如醉的讲述中，我们走进趵突泉公园。眼前的景色仿佛把我们带入了菊花园，放眼望去，五颜六色、姹紫嫣红的各类菊花让人赏心悦目。原来这里正在举办济南市菊花节。说实话，像这样品种繁多、花色各异、花朵硕大的菊花，我只在影视剧和教科书中看过。我向来偏爱菊花，家乡到农历九月不要说看花，就是赏叶都没有去处，偶尔有几簇菊花开的花也小得可怜。此时同伴们纷纷跑到菊花丛中拍照留念。那些关于菊花的诗句则在我心中纷涌而来，"耐寒唯有东篱菊，金粟初开晓更清""不是花中偏爱菊，此花开尽更无花""待到秋来九月八，我花开后百花杀。冲天香阵透长安，满城尽带黄金甲"等等。

"各位延安的朋友，我们到这里集中一下，前边就是趵突泉了。"这时，大伙才想起我们不是来赏花的，而是来看泉的。

| 姿态 |

导游告诉我们说，趵突泉泉水清洌甘美。相传乾隆皇帝下江南时，沿途饮用北京玉泉水，当品尝趵突泉后，便立即改用趵突泉水，并把玉泉改为"玉泉趵突"，将趵突泉封为"天下第一泉"。此泉用来煮茶，味醇色鲜，游人常来此品茗以助游兴，素有"不饮趵突泉水，空负济南游"之说。

听闻至此，同伴中便有人拿出水杯，亲自品味。从他那难受的表情，我们便知道水的味道不咋样。他说："不好喝，鱼腥味太大。"导游笑着告诉我们，那是因为池中鱼太多，那边有专门为游人提供的品泉水的地方，并且是免费供应。我们顿时雀跃起来，走过去一尝，果然是清醇甘甜。

随后，我们又拜谒了位于漱玉泉畔的李清照纪念堂。这里为一座传统的四合院，坐北朝南，前后丹柱，双脊比翼，门匾为郭沫若手书的"李清照纪念堂"。抱柱悬挂郭沫若所题楹联"大明湖畔，趵突泉边，故居在垂阳深处；漱玉集中，金石录里，文采有后主遗风"。正殿为漱玉堂，堂内为李清照塑像，手持书卷，眉宇深锁，若有所思。东面为两个展厅，陈列着千组栩栩如生的蜡像，分别是"书香门第""词坛绽绣""志同道合""流离江南"。这不由得让人想起易安居士的佳作:"东篱把酒黄昏后,有暗香盈袖。莫道不销魂,帘卷西风,人比黄花瘦。""秋已尽,日犹长,仲宣怀远更凄凉。不如随分尊前醉,莫负东篱菊蕊黄。"此时此刻,我对趵突泉公园办菊花节的用意有所感悟,原来李清照对菊花是情有独钟的。

寻访圣贤故里

曲阜地处山东省西南部,北负泰岱,南引凫峰,东连沂蒙群山,西俯平野千畴,是我国古代伟大的思想家、教育家孔子的故乡,是举世闻名的儒学的发祥地。

孔府,也叫"衍圣公府"。它坐落于曲阜城中,紧邻孔庙,是孔子嫡长孙世袭衍圣公的府第。孔府坐北朝南,迎面是一个粉白的大照壁,门前左右两侧,有一对2米多高的圆雕雌雄石狮。再者是红边黑漆的大门,上面镇守着椒图铺首。

姿态

往大门正中间上方看,蓝底金字的"圣府"匾额就在头顶。门两旁明柱上悬挂着一副蓝底金字对联:"与国咸休安富尊荣公府第,同天并老文章道德圣人家。"导游告诉我们,这副对联相传是清人纪昀的手笔。

这副对联有意思的地方是上联"安富尊荣"的"富"字,下联"文章道德"的"章"字。"富"字上少了一点,意思是说衍圣公官职位列一品,田地万亩千顷,自然富贵没了顶。"章"字中多了一笔,章字下面早字的一竖一直通到上面的立字,叫作"文章通天"。这个设计真是精妙,从中我们能看出古人的那隐晦的智慧。

穿过重光门后便是宽敞的正厅,即孔府大堂。大堂之后有一通廊,通廊里有一条大长红漆凳,称"阁老凳"。据说明代权臣严嵩被劾将要治罪时,曾到孔府来托其孙女婿衍圣公向皇帝说情,孔府主人未允。此凳系当年严阁老坐候之物。我的同伴们便坐了下来想歇歇脚,但当导游说到此凳也叫"冷板凳"时,同伴们又纷纷"落荒而逃"。

圣贤在上,我乃一凡夫俗子,三拜九叩以表敬仰之情

行吟

是必须的。只是游人众多，只能见机行事。有人说"江南多山多水多才子"，山东人便说"齐鲁一山一水一圣人"。我们也说过"延安两黄两圣两色游"（黄河壶口、黄土风情；中华民族圣地、中国革命圣地；红色游、绿色游）。但别人喊出的口号，早已形成品牌效应，呼唤着海内外的游人纷至沓来。而我们喊出的口号却尘封为历史的一瞬，使人百思不得其解。但最近公布的2010年城市游客满意度排名城市有延安，倒令我倍感舒心。

姿态

鲁迅故里行

鲁迅故里位于全国历史文化名城绍兴市的中心。以1953年鲁迅纪念馆建成为起点，经过近70年的风雨历程，现已成为纪念中国近代大文豪鲁迅的场所，也是浙江绍兴的镇城之宝。

豪华的旅游大巴把我们送到位于绍兴市中兴南路上的鲁迅故里东入口，眼前一幅巨大的版画和几尊塑像告诉我们，鲁迅故里到了。江南人的精明之处，就是每到一个景点都必须由景点配发一名导游，就连扛着"江南直通车"小旗子的导游也不得例外。这样一来，我们这个小小的团队加上我们延安的全陪导游，就有3位导游伴随。这样还有一个好处就是前面由景点导游带领，中间由江南导游负责两头衔接，延安导游殿后。

我们沿着一条窄窄的青石板路前行，两边是清一色的粉墙黛瓦、竹丝台门，鲁迅故里、鲁迅纪念馆、百草园、三味书屋，鲁迅笔下的风情园、土谷祠、咸亨酒店等景点散布在这条叫作鲁迅故里的步行街两侧。一条不知名的小河沿着步行街缓缓流淌，河上随处可见的就是绍兴"三乌"之一的乌篷船，船上的"旧毡帽"朋友在不停地呼喊着游人坐船游玩。由于有3位导游的引导、招呼和殿后，任凭他们如何招揽，我们还是紧跟着导游依次进行游览。

鲁迅故居

我认为这里才是鲁迅故里最重要的地方，它的真名叫周家新台门，位于东昌坊口西侧，坐北朝南，青瓦粉墙，砖木结构，有大小房间80余间，著名的百草园就位于其内。鲁迅在这里度过了他的童年和少年，青年时代的鲁迅

> 姿态

也住过这里,他的原配夫人朱安就是在这里迎进家门的。

我们从黑油油的台门进入,穿过一个小天井,走过一段长廊,就到了桂花明堂。这里的几尊塑像和一个小方凳格外引人注目,导游告诉我们这就是鲁迅小时候经常听他继祖母讲故事的场所。我也像诸多游人一样,坐在小方凳上拍照留影,只是由于没有坐正位置,同行的人们笑着告诉我,你那架势不是在听故事,而是在看别人讲故事。

过了桂花明堂,便来到了鲁迅的卧室。辛亥革命期间,他回到故乡,先后在绍兴府中学堂和山会初级师范学堂担任教职。鲁迅常常在这里备课、写作到深夜。他的第一篇文言小说《怀旧》就是在此写成的。卧室里陈列着的一张铁梨木床,系鲁迅当年睡过的原物。

穿过天井,迎面就是保存完好的鲁迅故居。东首前半间是客厅,俗称"小堂前",是鲁迅家人吃饭、会客的地方,这里陈列着鲁迅父亲周伯宜在患病时用以休息的原物。小堂前后面一板之隔为鲁迅母亲鲁瑞的卧室,卧室南边放着一张大床,系鲁瑞睡过的床,靠北窗的桌子上陈列着鲁瑞做针线活用的竹匾、剪刀、尺子、粉袋、熨斗、线板等物，其中的一只船袜系当年她给工友王鹤照亲手缝制的。

西边前半间为鲁迅的继祖母蒋氏的卧室。蒋氏性格幽默，侄孙辈很喜欢到她那儿去聊天。蒋氏常给幼年的鲁迅讲《猫是老虎的师父》《水漫金山》等民间故事和传说，给鲁迅留下很深的印象。后来，鲁迅在《狗·猫·鼠》《论雷峰塔的倒掉》等文章中均有生动回忆的描述。

其后是一座两层小楼，楼上东头一间是鲁迅的原配夫人朱安的卧室。她是个旧式妇女，缠足，思想比较封建，与鲁迅在思想、情趣、文化、爱好等方面都相去甚远。朱安嫁到周家后，一直与鲁迅的母亲生活在一起，侍奉了婆婆一辈子。

在这里我想到了一篇关于鲁迅与朱安的文章《这场婚姻里谁是可怜人》，鲁迅与比他大3岁的朱安在光绪三十二年农历六月六日（1906年7月26日）结婚，婚后第4天鲁迅便东渡日本。用鲁迅的话讲，"朱安是母亲送给我的一件礼物。我只能好好地供养她，爱情是我所不知道的"。

> 姿态

虽然如此,但鲁迅在北京工作期间,仍然把朱安带在身边,直到 1927 年 10 月,鲁迅与许广平在上海同居后,朱安并无怨恨之意。1936 年 10 月,鲁迅病逝,朱安为照顾年过八旬的婆婆,只好在北京西三条胡同 21 号为鲁迅设灵堂守灵。她反复对人讲:"周先生对我不坏,彼此间没有争吵。"多么可敬、善良的女人。从她身上,我看到了中国传统妇女的忠厚与质朴。但因为当时的制度问题,朱安和鲁迅做了一生的挂名夫妻,成为封建婚姻的受害者。

百 草 园

记得上小学时,我在学《从百草园到三味书屋》时,对百草园有过无数的遐想,把百草园与"上有天堂,下有苏杭"紧紧地联系起来。今天到此,才有一种"上当"的感觉。百草园名称虽雅,但其实就是周家人的菜园子。来到位于石井边的"百草园"巨石牌边,大伙纷纷拍照留念,而我的心里却情不自禁地想起鲁迅先生的名篇《从百草园到三味书屋》:"我家的后面有一个很大的园,相传叫作百草园。""不必说碧绿的菜畦,光滑的石井栏,高大的皂荚树,紫红的桑葚,也不必说鸣蝉在树叶里……"

此次江南之行给我最大的感觉就是,精明的江南人能用奇花异石写出精美的神话,给湖光山色罩上灵光和灵气,把年久的民宅敢说成状元的府第。毫不夸张地讲,他们能将一潭清水编出仙女们曾在此沐浴过的典故。而在我的家乡,西捻军驻守过的窨子没有传出可歌可泣的悲壮故事,而成了鸟兽的巢穴;驰名中外的秦直道没有记载下秦始皇的伟大,而成了农田便道;"固若金汤"的古寨荡然无存,只在成语词典中可以找到;遍布在孤山旷岭上的石塔碑刻仍然守望着孤独,诉说着凄凉;县境内遍布的古烽火台,在人们心目中就是一个土丘,美其名曰"墩",是用于纳凉的场所。就说国内仅存一件的道家真身塑像,也是这两年才引起人们的关注。这些都充分说明了我们对文化理解得不够,对文化重视得不够,这也正是我们与发达地区的差距所在。

> 姿态

单就与绍兴相比,从 1953 年 1 月起,以鲁迅纪念馆的建成,到 2000 年《鲁迅故里历史街区保护规划》的出台,精明的绍兴人便开始做起有关鲁迅的文化产业,他们在寸土寸金的绍兴市中心划出如此巨大的区域,建成绍兴市的"镇城之宝"——鲁迅故里,你不得不为绍兴人对文化的理解和恰到好处的运用而赞叹。

我的家乡也产生过名著《西行漫记》,为什么就没有这两种效应?论名气,《西行漫记》早在 20 世纪 30 年代就享誉内外;论历史,红都保安早已载入中共党史,《红色中华》报早在 1936 年就发表了《奠都保安的意义》,但今天文化产业方面还是远远赶不上绍兴。在奋力打造文化名县的今天,我们应当从研究挖掘历史和红色文化开始,在保护传承中提高。这是每一位红都儿女都应认真思索的问题。

站在百草园,我对文化这一朝阳产业和名人效应有了更为深刻的感悟。《从百草园到三味书屋》的宣传让国人纷纷赶来争睹百草园的芳容;利用解读鲁迅这一近代大文豪的影响力,让世人纷纷前来参观,一睹鲁迅生活过的地方。

这就是文化产业强大的生命力所在。说到文化，很多人会想起英国人类学之父泰勒，他第一个给文化下的定义：文化是一个复合整体，包括知识、信仰、艺术、道德、法律、习俗，以及作为一个社会成员的人们所习得的其他一切能力和习惯。但我更信奉的是西方学者斯莫尔对于文化的解释：就是指某一特定时期的人们，试图达到他们的目的，而使用的技术、机械、智力和精神才能的总和。精明的江南人就是正确解读了文化的深刻内涵，借助鲁迅这一名人，凭借文化上的优势，大兴旅游业。

而我的家乡，早在20世纪30年代，因毛泽东、周恩来、张闻天等老一辈无产阶级革命家的进驻，家乡的县名也是因为群众领袖、民族英雄刘志丹出生在这里而得。你能说这不是一种文化吗？这是地地道道的红色文化。

带着这样的思绪，我默默地离开了百草园。正如鲁迅先生所言的："Ade，我的蟋蟀们！Ade，我的覆盆子们和木莲们！"看来奋力打造家乡文化名县的历史使命，真可谓

| 姿态 |

任重道远，需要我们红都人一代又一代的艰辛努力啊！

三味书屋

  这里是鲁迅小时候读书识字的地方，位于他的塾师寿镜吾先生家——寿家台门，隐门上方悬挂着一块"文魁"匾，这是为了彪炳寿镜吾的兄长寿子持所悬，他是光绪二年（1876年）的举人。我们无心关注寿家的历史，只想早点看到三味书屋，找一找鲁迅的课桌和他刻下的"早"字。同行的导游告诉我们，"三味书屋"的"三味"是指：读经味如稻粱，读史味如肴馔，读诸子百家味如醯醢。时年12岁的鲁迅在这里度过了他5年的时光。

  走进寿家台门第三道门，这是寿家台门的东厢房，南边的厢房已成为介绍历史文化名城——绍兴的古代教育史展馆，北边的厢房就是我魂牵梦萦近30年的"三味书屋"。

  房门正中上方悬挂着"三味书屋"的匾额，匾额下挂着一幅我在报刊中见过无数次的《松鹿图》，两边的柱子上悬挂着一副对联："至乐无声唯孝弟；太羹有味是诗书。"书屋正中的木方桌和高背椅子是塾师的讲台。鲁迅的座位在东北角，桌上放着一块玻璃，压住了鲁迅刻下的"早"字。导游告诉我们，由于游客都去抚摸那个"早"字，使刻得本来不深的"早"字快与桌面一体了，所以管理者们压上了防护玻璃，就连那课桌也被红线围住，让我们不得靠近，只能在导游的叙说下去感悟鲁迅的学习生涯。导游接着介绍道："鲁迅的求知欲很强，他除了学习"四书五经""唐诗"以及汉魏六朝辞文和其他一些古典文学作品之外，还找了许多课外书来读，如《尔雅音图》《癸巳类稿》《诗画舫》《红楼梦》《水浒传》《儒林外史》等。在三味书屋的学习生涯使鲁迅受益匪浅。鲁迅在此积累了丰富的文化知识，为日后从事的文学创作打下了非常坚实的基础。"

由于在纪念馆观赏的时间过久，鲁迅笔下风情园、土谷祠、咸亨酒店等景点未能目睹，热情的"江南直通车"导游小陈在归途的大巴上，给我们略作描述。"风情园"主要由绍俗祝福、越俗漫话、迎神赛会、男婚女嫁等主题陈

> 姿态

列馆组成。

土谷祠实际上就是土地庙，鲁迅的名著《阿Q正传》中的阿Q就住在土谷祠。其实这里并非确有阿Q，只不过是鲁迅取材于此罢了。据说当年有个叫谢阿桂的，孑然一身，曾住在土谷祠，主要靠替别人舂米来维持生计，曾给周家打短工。但他沾有偷窃习气，名声不太好。鲁迅对他比较熟悉，并以他为模特，创作了"阿Q"这个不朽的艺术形象。

旧时的咸亨酒店早已消失在历史的尘埃里。1981年9月，为纪念鲁迅100周年诞辰，有关部门在鲁迅路中段重建了一家具有绍兴地方传统特色的"咸亨酒店"。这是一家3间门面的酒店，店门屋檐下悬挂着一块书有店号的横匾，柜台的青龙牌上直书"太白遗风"四个大字。店堂内垂挂着一幅由著名画家方增先画的孔乙己立像，还有一副对联云"小店名气大；老酒醉人多"，为著名作家李准所撰。另有著名的表演艺术家于是之的墨宝："上大人，孔乙己，高朋满座；化三千，七十士，玉壶生春。"

当说到孔乙己的时候，昏昏欲睡的同伴们一下来了精神，大概孔乙己是大伙熟知的人物的缘故吧。小陈便兴高采烈地说起孔乙己故事的来龙去脉。

当时，来咸亨酒店喝酒的顾客不多，大多是在柜台外站着喝酒的"短衣帮"。老主顾都跑到西头的"德兴酒店"去了。德兴酒店为谢姓所开，生意不错，鲁迅的塾师寿镜吾也常去那儿喝酒。来咸亨酒店喝酒的唯一的"长衫主顾"，是一个人称"孟夫子"的人。他是周家的邻居，屡试不第，穷困潦倒，嗜酒如命，早年曾在新台门周氏私塾里帮助抄写文牍。有一次，"孟夫子"溜到别人家书房里去偷书被人抓获，他却辩解"窃书不能算偷"，结果被打折了腿，只能用蒲包垫着坐在地上，靠双手支撑着挪动身子行走。鲁迅就是以"孟夫子"为生活原型，塑造了"孔乙己"这一艺术形象的。

匆匆忙忙的鲁迅故里行，让我对鲁迅有了更深的了解，对江南有了更深的了解，但也留下了遗憾，那就是未能品上一碟茴香豆，未能喝一杯绍兴桂花酒。

姿态

武 侯 祠

据说国内有许多处武侯祠,以成都武侯祠为最。成都武侯祠位于成都市南门武侯大街,由刘备、诸葛亮君臣合祀祠和惠陵组成。杜甫名句"丞相祠堂何处寻,锦官城外柏森森"表明,武侯祠在唐朝就存在了。

明初武侯祠并入昭烈庙。现存的成都武侯祠是1672年重建,坐北朝南,主体建筑分大门、二门、刘备殿(汉昭烈帝庙)、过厅、诸葛亮殿五重,从南到北排列在一条中轴线上。这里承载着刘备创立蜀汉霸业三分天下的业绩,记载着诸葛亮"鞠躬尽瘁,死而后已"的品质。

为凭吊足智多谋的旷世奇才和实施仁政的蜀汉明君,丁亥金秋,我怀着无比崇敬的心情拜谒了成都武侯祠。一直认为这里是成都必去之处，一则其就在成都城内，二则其是国内唯一的君臣合祀祀庙。

大门匾额为"汉昭烈庙"。大门至二门之间，矗立着6通石碑，其中最大的一通是因文章、书法、刻技俱精被称为"三绝碑"的《蜀丞相诸葛武侯祠堂碑》，由唐朝著名宰相斐度撰文，书法家柳公绰书写，名匠鲁建刻字，对诸葛亮短暂而悲壮的一生做了重点褒评，竭力赞颂诸葛亮的高风亮节、文治武功，以及不利用职权谋私，以此激励唐朝的执政者。

大多数人对于诸葛亮的丰功伟绩，都是通过《三国演义》小说、连环画、影视作品及戏剧而得知的。在我记忆中，有一件印象深刻的往事。大约是上小学那阵子，《三国演义》连环画刚刚发行，那时大部分家庭都不富裕，家境好的同学才能买得起那一套60本的小人书，大多数同学只能相互借阅。那时的我们还不知道，古人是既有姓名，又有字号。同学在争论时，有人说孔明厉害，还有人说诸葛亮最行；有人说曹操厉害，还有人说孟德

> 姿态

最行。到后来有人拿出小人书证明诸葛亮、孔明是一个人，曹操、孟德也是一个人。实话实说，我由于受"诸葛孔明卧龙也"这句话的影响，一直认为诸葛亮和孔明是一个人。许多人直到上了初中，学了《隆中对》《出师表》和中国历史后，才实现了"拨乱反正"。当我伫立在"三绝碑"前，回想起幼年的往事，感觉实在有些令人啼笑皆非。

导游告诉我们，刘备的儿子刘禅在这里没有位置，是由于他昏庸无能，不能守基业，他的像于宋明两代几次被毁，后来就没有重塑了。如今，有许多人认为刘禅才是最为明智的君主，说他深知诸葛亮的才智、权力和号召力，他更知"君臣不和，必有内变"的道理，如果他有丝毫的才华表露，诸葛亮必取而代之，故而装痴卖呆，让诸葛亮"鞠躬尽瘁"，自己坐享其成，享尽荣华富贵。所以说刘禅有极高的领导艺术，是被誉为5000年少有的大气政治家。这真是一派胡言，荒谬至极。

值得一提的是，诸葛亮殿中清人赵藩所撰的"攻心"

联:"能攻心则反侧自消,从古知兵非好战;不审势即宽严皆误,后来治蜀要深思。"借对诸葛亮、蜀汉政权及刘璋政权的成败得失的分析总结,提醒后人在治蜀、治国时应借鉴前人的经验教训,要特别注意"攻心"和"审势"。

出诸葛亮殿往西可到刘备墓"惠陵"。由于时间限制,我们未能涉足,只是从《武侯祠简介》上得知,惠陵由诸葛亮亲选宝地,葬刘备于此。据《谥法》解释说,"爱民好与,曰'惠'",故刘备墓称"惠陵"。出惠陵是"武侯祠文物陈列室",横额由郭沫若题,陈列有出土的蜀汉文物复制品和三国历史图片。武侯祠的字画、对联甚多,其中以现代书法家沈默书写的《隆中对》最引人注目。

告别武侯祠,我的心情久久不能平静,想起《论语》中的名句"礼之用,和为贵"。一个家庭、一个单位、一个地方乃至一个国家,必当以和为贵。刘备与诸葛亮之间的和谐,成就了蜀汉霸业;诸葛亮与刘禅的和谐,让刘禅稳坐江山41载。如今,一个家庭的和谐,让老人尽享天伦之乐,家人心情舒畅;一个单位的和谐,让每个人干事创业

> 姿态

时信心百倍；一个地方的和谐，必能促进当地经济社会又好又快发展；一个国家和谐，必能傲然挺立于世界民族之林。我等自当为了和谐而奋斗。

行吟

走进北疆

"我们新疆好地方，天山南北好牧场。戈壁沙滩变良田，冰雪融化灌农场……"每当这首悦耳动听的歌曲在我耳边响起，就会勾起我游历新疆的愿望。早在20世纪80年代初期，当时我还是一名中学生，高中《语文》课本第三册第一篇文章就是碧野先生的《天山景物记》，把天山描绘得像人间仙境一般，使读过这一大作之人，就想到新疆走一走、看一看。

戊子年深秋，我20多年的愿望终于变成了现实。由于受时间和行程的限制，这一次行程选了北疆去感受新疆的博大和神奇。美丽的天池、奇妙的坎儿井、传说中的火焰山、神奇的喀纳斯湖等，都留下了我的足迹。

> 姿态

"三山夹两盆"是教科书里关于新疆地形的经典描述。而导游对"疆"字的细解,更让人耳目一新。右边的"三横"分别代表阿尔泰山、天山和昆仑山;"两田"分别代表准噶尔盆地和塔里木盆地;右边的"弓"加"土"分别代表新疆曲折的国境线,以及被晚清政府出卖的伟大祖国的疆土。有趣的是那个"土"恰恰就在"国境线"的外面。

美丽的天池

天池又名瑶池,位于新疆阜康市东南40公里的博格达峰北侧,面积4.9平方公里。从乌鲁木齐乘车行进百余公里,就可进入到天池风景区。

汽车在蜿蜒曲折的山路上行进,一条来自天池的溪流与汽车逆向而行。

石门山是进入天池景区的咽喉,这是一个天然的山口,两侧宽约百米,最窄处仅有10米左右,高数十米,两峰夹道,一线通幽。相传约3000年前,西周穆王(姬满)去瑶池与西王母欢筵对歌时，被一座大山阻隔，西王母便拔下玉簪，劈开山峰，形成石门，让穆王顺利通过。这个美丽动听的传说，是人们对穆王千里迢迢表白爱慕之情的赞美，也是对西王母为了爱而采取的惊天之举的讴歌。

过了石门便是登天池的盘山公路，据说有50个弯道，号称"五十盘天"。由于我们是换乘了景区内的专用汽车直达天池的，传说中西王母的洗脚盆——"西小天池"，便只能是走马观花。隔窗俯瞰，西小天池犹如一轮墨绿色的圆月被四周茂密的塔松团团围住，沉静而优美。只可惜这一美丽的图画从我们眼前匆匆掠过，容不得我们去细细品味和遐想。

登上一条长垄状的山体——鳄鱼坝，一块刻有"天池"二字的巨石映入眼帘，导游说天池到了。导游告诉我们，天池由龙潭碧月、定海神针、石门一线、南山望雪等八大景观组成。说实话，此时此刻的我，已经没有心情去听他那滔滔不绝的讲述，因为目光早已被天池吸引。

远远望去，天池犹如一把葫芦形的绿扇，静静地躺在群山长垄的怀抱之中。碧绿的湖水让人心旷神怡，挺拔耸

> 姿态

立的塔松让人感受到昂扬之气,满目的蓝天、白云、绿水、林海让人心情舒畅。我知道这样的"天然氧吧"难得一见。对于身居闹市的人来说,能在这里潇洒地过把吸氧的瘾,真可谓是一件幸事。

当我在贪婪地呼吸新鲜空气,细细品味大自然留下的美丽时,我的同伴们却纷纷跑向湖边。原来导游告诉大家,用天池水洗洗额头和脸颊,会带来吉祥好运。我当然也是匆匆跑到湖边,找准位置,轻轻掬起湖水,细细品尝一口,果然是凉得透心、甜得润肺,抹在额头和脸颊上格外清爽。

站在湖边观天池则又是一番别样的风味,让我想起朱自清先生说过的"微风过处,送来缕缕清香"。我去过东北长白山的天池,可惜受天气影响未能看到它的容颜,更无法形容它的美丽。今天在这里能这么仔细、亲近地观赏天池,真让人流连忘返。

值得一提的是,在鳄鱼坝上生长着一棵孤零零的古榆树,导游告诉我们,传说那是西王母的玉簪所变,称作"定海神针"。传说王母娘娘在瑶池举办蟠桃会,各路神仙应邀赴宴，唯独瑶池水怪未被邀请，它便兴风作浪、翻江倒海，搅得周天寒彻，令蟠桃会无法正常举行。西王母盛怒之下，顺手从头上拔下一根玉簪，插在瑶池北岸，镇锁水怪，平息怒涛。后来，在插玉簪的地方，长出了一棵榆树。

实际上，这棵古榆是后人为纪念西王母和穆天子所栽。令人称奇的是，生长在海拔1910米高处的这棵古榆，独生独长，树冠大如伞，状如帝王金舆华盖，面海向南，孤芳傲立。导游告诉我们，即使丰水年，湖水再涨也只能漫到其根部，给这一枝独秀的古榆添神增奥。悬挂在树枝上那无数的红黄两色的布条，再次告诉我们，古榆树已被赋予无穷的神力，成为善男信女祈求平安幸福的神树。

奇妙的坎儿井

新疆大约有坎儿井1600条，主要分布在吐鲁番盆地、哈密盆地等地。而吐鲁番盆地的坎儿井最盛时多达1200多条。坎儿井是我国古代劳动人民为改善自身的生存环境，

> 姿态

根据当地气候、水文等生态条件，创造出来的一种地下水道工程。故而坎儿井是以"条"为计量单位，而不是用"口"来计算。坎儿井与万里长城、京杭大运河并称为中国古代三大著名工程。

坎儿井的历史源远流长，早在2000年前的汉代就有记载。新疆吐鲁番盆地素有"火洲"之称，如果在地面上建渠引水，水会高速地蒸发和渗漏，人们的努力即刻化为乌有。勤劳聪明的各族儿女，为了有效地克服这一局面，创造了人间的奇迹坎儿井。令我始终未能想明白的是，坎儿井说白了，就是"地道"和"通风口"构成的地下河，如果说是河，为什么水流一直就那么点，而不会出现满地道都是水呢？真令我百思不得其解。

传说中的火焰山

火焰山是全国最热的地方，位于吐鲁番市东北10公里处，东西走向，长98公里，宽9公里，主峰海拔仅831.7

米。火焰山因在烈日照射下，炽热的气流滚滚上升，赭红色的山体远远望去，酷似燃烧的烈火而得名。说实话，这样的山体在新疆随处可见，对当地人来说算不得什么景观，而对于我们这些久居内陆的人，观此山方能算是奇观。聪明的新疆人借助名著《西游记》里孙悟空三借芭蕉扇扑灭火焰山烈火的故事，大力宣传，在空旷的戈壁滩上塑起唐僧、孙悟空、猪八戒、沙和尚和牛魔王、铁扇公主等的塑像，吸引了无数的游人来此拍照留影。值得一提的是，为了有效地避开这里的炎热，人们把商铺纷纷搬入地下。为了让游人能自觉地走入地下，这里建造了世界上最大的温度计，名曰"金箍棒"，深深地插入地下。游人进入火焰山后，顺着环形的走道逐级走下，在看完浮雕后便能直接走进地下商场，把旅游与购物巧妙地连接在一起。

神奇的喀纳斯

说起喀纳斯，人们自然会联想起被传得沸沸扬扬的

> 姿态

"湖怪"。传说它能喷雾行云,常常把到湖边觅食的牛羊吞没。这神乎其神的传说为喀纳斯增添了几分神秘的色彩。虽然"湖怪"还没有定论,但更多的人都认同"湖怪"就是生长在喀纳斯湖中的哲罗鲑,体长2~3米,重达几百公斤,因鱼体呈淡红色也被称为大红鱼。大红鱼是典型的淡水冷水性食肉鱼类,性情十分凶猛,人们曾在捕到的大红鱼腹中发现过两只野鸭。

  导游告诉我们,在喀呐斯湖最北端的入湖口,有一条"千米枯木长堤"更是神奇的喀纳斯重要的组成部分。只是因为时间和行程的关系,我未能目睹。据导游说,洪水时枯木长堤会漂起来,按理来说,这些枯木会向下游漂去,但是多少年来,却奇怪地逆流而上,长长地横列在喀纳斯湖的最上游。原来是每当洪水季节,河水将上游大量的枯木挟带漂入湖中,因强劲的谷风受南面巨大山体阻挡,便将浮木推动着逆流上漂,日积月累逐步在湖上游汇聚堆叠成一条百余米宽、2000米长、枯木纵横交错的"千米枯木长堤"。

> 行吟

喀纳斯湖的美丽在于它能随季节的变化而变换颜色，因而人们又把喀纳斯湖叫作"变色湖"。从每年的四五月间湖面融化到11月冰雪封湖，湖水在不同的季节呈现出不同的色彩。5月的湖水，冰雪消融，湖水幽暗，呈青灰色；到了6月，周边山上的植物泛绿，湖水也随之呈浅绿或碧蓝色；7月以后为洪水期，白湖的白色湖水大量补给，湖水呈现乳白色；到了8月湖水受降雨的影响，呈现出墨绿色；9月至10月，湖水的补给明显减少，周围的植物色彩斑斓，一池翡翠色的湖水呈现在人们的眼前，光彩夺目。

在布尔津去喀纳斯途中，导游说得最多的不是湖光山色，而是一个叫"禾木"的村寨和他去"图瓦人家访"的故事。禾木这个景点是导游推荐给我们的自费项目，但我们因为好奇欣然接受了。在那里吃过一顿午餐后开始自由活动，游兴正浓的我便租了一匹骏马准备好好游览一番，无奈天公不作美，铺天盖地的暴雨让我们个个都成为"落汤鸡"。行进在雨中，我才真正体会到饥寒交迫的含义。

"图瓦人家访"其实就是到图瓦人家里做客，做客不是

> 姿态

白做的，是要付费的。每人喝一小盅图瓦人自酿的白酒后，开始听他们讲述自己的历史。图瓦人是成吉思汗西征时遗留的部分老弱病残的士兵，逐渐繁衍至今。而村中年长者说，他们的祖先是500年前从西伯利亚迁徙而来，与现在俄罗斯的图瓦共和国图瓦人属同一个民族。图瓦人保留着自己独特的生活习惯和语言，图瓦语属于阿尔泰语系突厥语族，与哈萨克语相近。在生活习惯上，图瓦人除欢度蒙古族传统的敖包节外，还过当地的邹鲁节（入冬节）、汉族的春节与元宵节。图瓦人信仰佛教，丧葬方式为曲体入葬。图瓦人居住在阿勒泰喀纳斯湖图瓦村和白哈巴图瓦人村落。喀纳斯湖与图瓦人共同构成喀纳斯风景区独具魅力的民族风情。

在返回布尔津县途中，导游安排了3个观赏喀纳斯河的地方，我只记得前两个。第一个地方我不记得叫什么了，但那里能近距离地观赏河水与树木，亦可顺着水流游览。第二个地方，可远远俯视峡谷中的喀纳斯河，其犹如一弯蓝色月牙，故而得名月亮湾。更让人称奇的是两座酷似脚印的小岛，有人说是嫦娥奔月时留下的一对光脚印，还有人说是当年成吉思汗追击敌人时留下的脚印。最后我们俯瞰了卧龙湾便离开了喀纳斯景区。在返回乌鲁木齐途中，我们远观了乌尔禾魔鬼城，参观了敖包，横穿了克拉玛依百里大油田。

有人说：没有到过新疆，不知道伟大祖国的幅员辽阔。此次喀纳斯之行，我真真切切地感受到了这一点。从乌鲁木齐到布尔津700公里，真是朝发乌市夜宿布尔津，第二天一早再行进150公里才能进入景区。此次北疆之行，不同于以往的出游，给我最大的感受不仅是这里的山之美，这里的水之秀，这里的辽阔，更多的是这里淳朴的民风！我爱北疆，我也更加向往未来的南疆之游了。

姿态

青城山

如果你有幸走进成都，细细地品味和感受了成都的美，你就会由衷地赞叹成都才是人间的天堂，用时下最时兴的话说就是：成都是最适合人居住的地方。春早、夏热、秋凉、冬暖的气候特征会使你由衷地说出："美哉，成都！"

"一年而所居成聚，二年成邑，三年成都"是"成都"一名的最早出处。芙蓉城是成都的美称，天府之国是成都的别称。早在三国时期，成都为蜀国国都。抗战时期，成都为大后方，吸引无数华夏儿女前往，使中原文化、江南文化和西南文化在此相互交融、渗透，使成都成为中华文明的缩影。

而我想先说说青城山。青城山自古被称为"神仙都会"，有"昆仑下都"的美誉。青城山景区分为前山和后山。前山是主风景区，远远望去崇山岭峻，壑深林密，薄雾蒙蒙，让人真正感到"青城天下幽"的真实。我们此行就是奔着山而来。

青城山的山门是一座高大的三开门牌坊，四周被浓郁的苍翠紧紧拥抱。牌坊顶上栩栩如生的道教人物彩塑告诉人们这里是中国道教的圣地；金光闪闪的"青城山"3个大字，告诉人们这里就是四川省的又一个世界文化遗产地——青城山。

穿过山门，一条石板铺就的小径弯弯曲曲，逐级抬高，通向密林高处；一条清澈的溪流自上而下，缓缓流淌，时而与石径并肩，时而穿过石径，时而隐去得无影无踪。我们沿着石径拾级而上。我走过无数条石板路，唯此道与别处不同，所到之处皆是湿漉漉的，正是"明月松间照，清泉石上流"。

石径两侧整齐匀称的参天松树引起了我的注意，很显然这是人工所植。松树粗壮的树干告诉人们，它们都已经历过百年风雨。同行的导游告诉我，如果有人要上青城山

|姿态|

拜张天师求道，就必须在石径旁栽几棵松树，久而久之，这里便有了几排整齐的行道松。石径的尽头，突然出现一泓碧绿的湖水，使我精神顿时为之一振。此湖名为月城湖，其四周青山环绕，翠绿交织，生意盎然，组成一幅山、水、林交相辉映的美丽图画。这里是通往上清宫正车门的捷径。

上清宫位于高台山之南，宫门"上清宫"3个大字为蒋介石手书，两旁有于右任撰写的对联"于今百革承元化；自古名山待圣人"，也是观赏青城山三大景观之一"圣灯"（日出、云海）最佳处。据导游介绍，每逢雨后天晴的夏日，夜幕降临后，在上清宫附近的圣灯亭可见山中亮光点点，闪烁飘荡，传说是"神仙都会"青城山的神仙们朝贺张天师时点亮的灯笼，称为圣灯。少时三五盏，忽生忽灭；多时成百上千盏，山谷一时灿若星汉。实际上，这只是山中的磷氧化燃烧的自然现象。由于我们没有赶上好时机，只是听导游所言而已。青城山可谓是景点甚多，多得无法记忆，据说有好几百个，都与道教有关。有人说"天下名山僧占尽"，我看"道"占得也不少。

> 行吟

黄果树瀑布

  但凡说起黄果树瀑布，只要是上过学的华夏儿女都知道它位于我国贵州省，但未必知道它的具体地址。它在镇宁布依族苗族自治县西南15公里的白水河上，宽81米，落差74米，是亚洲第一大瀑布。你是否有过近距离地观赏它、抚摸它、亲吻它的经历？也许有人说那种感受就是一个字——美，但我要告诉你的是另一个字——爽。

  进入黄果树瀑布景区前，热心的全陪导游告诉我们：景区管理处规定，必须为每个旅游团体配几名摄影师，如果大家不需要千万别与他们接触；另外，这里是少数民族地区，如果不买东西千万不要讨价还价。我们把导游的话当作最高指示，带着这两个"千万"的思想准备进入景区，

> 姿态

果然有一批所谓的摄影师围了上来,我们的同伴头像拨浪鼓似的摇着,手像伏天里的扇子不停地摆着,人则像做了贼似的拼命地逃着。闯过这一关后大伙会心一笑,继续跟着景区内的导游沿着观赏瀑布的专用线路开始游览大瀑布。

第一个观瀑布点位于瀑布的正对面,这里是让你从正面观赏。由于正赶上枯水期,远远望去,瀑布被坚硬的岩石撕成一绺一绺的,像洁白的哈达挂在眼前的悬崖上。瀑布水石相激,飞珠溅玉,发出震天的巨响,腾起一片烟雾,别有一番神韵,让你不由得想起"日照香炉生紫烟,遥看瀑布挂前川。飞流直下三千尺,疑是银河落九天"的景象。虽说这是李白为庐山瀑布而作,我在想,如果他到黄果树瀑布,一定会把这首诗写给黄果树瀑布,要知道庐山瀑布与黄果树瀑布相比,乃是小巫见大巫也。我正这样想着,就见有同行者已开始大声咏叹其壮观了。

第二个观瀑点位于瀑布侧面,这里是让你从侧面观看瀑布的雄伟。此处看到的瀑布正如那副描写黄果树瀑布的对联所述:"白水如棉不用弓弹花自散;虹霞似锦何须梭织天生成。"据导游讲，若遇晴天，瀑布在阳光的照射下，会化出一道道彩虹，奇妙无穷。可惜我们来的这一天没有太阳光照射。

巨大的轰鸣声提醒你，前方有瀑布飞溅过来的水滴。一些心细的同行者开始打起雨伞，而我却摘下帽子，将水雾的洗礼体验得淋漓尽致，心里不停地默诵着"让暴风雨来得更猛烈些吧"。

第三个观瀑点是在瀑布的里面，美其名曰"水帘洞"，让你体验身临其境的感受。是的，134米长的水帘洞的确实别有一番景象。此刻你再看看我的同伴，像是登临仙境、换了人间，一个个张开双臂，感受此刻。

第四个观瀑点在犀牛潭边，在这里你可以从下面观赏瀑布。我认为这里是最佳观瀑点，这里把动与静巧妙地糅合在了一起。正如徐霞客所云："一溪悬捣，万练飞空……捣珠崩玉，飞沫反涌，如烟雾腾空，势甚雄厉。所谓珠帘钩不卷，匹练挂遥峰，俱不足拟其状也。"犹如万马奔腾的大瀑布直泻潭中后，像一匹被驯服的野马，服服帖帖。一

| 姿态 |

眼望去，一切都被绿色覆盖，潭水是绿的，四周的山是绿的，行道竹更是绿得可爱。身临其境，我心旷神怡，更多的是祈求家乡的"绿"早些到来。

犀牛潭的下边又是一个小瀑布和不知名的潭，这个小瀑布正如朱自清先生讲的那样："她松松地皱缬着，像少妇拖着的裙幅……我若能裁你为带，我将赠给那轻盈的舞女；她必能临风飘举了。我若能挹你以为眼，我将赠给那善歌的盲妹；她必明眸善睐了。我舍不得你；我怎能舍得你呢？我用手拍着你，抚摸着你，如同一个十二三岁的小姑娘。我又掬你入口，便是吻着她了。"

归途也是景区精心设计好的，知道你经过前观、侧看、里察和下赏，想必人困马乏，有大扶梯送你踏上归程。这当然是要付钱的，也正是景区导游口口声声讲不能走回头路的用意所在。踏上大扶梯，你再看我们的同伴，也许是困乏的缘故，刚刚一行生龙活虎的同伴，如大瀑布泻入潭中一样，又变得平平静静。

行吟

镜泊湖游记

　　为了早早目睹传说中东北最美的景观之一——镜泊湖，我们于早晨7点从二道白河镇起程，赶往黑龙江省宁安市西南方向的镜泊湖所在地。一路上的欢歌笑语让我们忘记了跋涉400余公里的旅途劳累。当地导游小张已早早赶到镜泊湖景区的南大门，等待着我们的到来，让我们多了一些感激之情，但她那一番热情豪爽的介绍给我们泼了一头冷水："我们镜泊湖每年10月到第二年5月间，因湖面结冰，不对外开放，所以6至9月是景区最热闹的时候，景区管理者们便会在这个时候拼命挣钱，用于弥补亏空。你们正赶上了这个时间段。"随后小张的话语便得到了验证，

> 姿态

浇灭了挂在我们每个人脸上的笑容。进入由武警战士守卫的镜泊湖大门需要花80元，也就是旅行社通常讲的首道门票。既然来看湖光山色，那就得乘船，船票每张80元，前往码头电瓶车每人10元。难怪有好事者讲，还没看见镜泊湖，170元就不见了。

不过，镜泊湖的确很美。湖面呈蝴蝶形，南北长45公里，东西最宽处6公里，面积95平方公里，分为北湖、中湖、南湖和上湖4个湖区。放眼望去，绿绿的湖水和一圈翠绿的群山连成一体，湖中的岛屿星罗棋布，各式各样。五颜六色的别墅散落在青山绿水之中，别具一格，形成一道亮丽的风景线。

我们搭乘437号游船驶进镜泊湖。船上解说员绘声绘色地描述，吸引着我们每个人的思绪和目光。

镜泊湖传说是古代红罗女的宝镜化成。红罗女是一位美丽的女神，她常用宝镜的神光为凡人消灾解难，造福于民。后来宝镜被西王母夺走，红罗女在与西王母的争夺之中，不慎将宝镜掉落人间，形成美丽的镜泊湖……我知道

行吟

这是根据镜泊湖名称中的"镜"字编织出的神话。其实，镜泊湖是我国北方地区最大的，也是典型的熔岩堰塞湖。它是火山多次喷发，熔岩随牡丹江水顺流而下阻塞河道形成的高山湖泊，明清时叫"毕尔腾湖"，意思是"平如镜面的湖"，这才是镜泊湖名称的真正由来。

忽然间，人们纷纷拥向船的左侧，有的指指点点，有的自言自语，有的欢呼雀跃，有的大声炫耀，更多的人则是不停地询问："在哪里？在哪里？"原来是解说员告诉大家，船左侧的远山，是镜泊湖的又一大景观——毛公山。远处的山峦像是伟人毛主席安睡的样子。我也是拼命想象，眯住双眼，搜寻着伟人毛主席的身影，最终也没看出什么名堂。这种人为的景观，只能是仁者见仁，智者见者了。

不知不觉之中游船已经靠岸。小张导游告诉我们将在景区内用餐和下榻。10元一次的电瓶车拉着我们来到位于湖边的白色两层小楼。游客们两人一个标间，导游和司机选择了架子床休息。此刻，我对导游工作的辛劳有了几分同情之心，为了生存，大家都不容易。

> 姿态

虽说住的条件差些，饭菜也不可口，但在这里我们饱览了在家乡永远看不到的美景，那就是夕阳西下时可爱的湖光山色。同行的年轻人纷纷跑向湖边，有的在九曲回肠的小木桥上拍照留影，有的坐在小亭里嬉戏，有的用湖水洗去一天的风尘……而我站在湖边品味起王勃名句"落霞与孤鹜齐飞，秋水共长天一色"的境界。

看到行程中安排了参观"刘少奇木屋"的项目。为此我起了一个大早，寻找"刘少奇木屋"。原来这是20世纪50年代刘少奇在此休养时住过的一间用松木搭建的房子，旁边还有刘少奇垂钓的地方，已被命名为"钓鱼台"。此处如今早已成为哈尔滨理工大学疗养院的一部分。

吊水楼瀑布是镜泊湖景区中最为出名的景观，主要是由火山熔岩凝固后断裂而成。据说落差有20米，水帘横空，飞珠碎玉，十分壮观。为此，忍痛再掏10元乘电瓶车，兴致勃勃赶往吊水楼。一块"国家级旅游景点——吊水楼瀑布"的巨幅牌匾告诉我们，吊水楼瀑布到了。展现在我们面前的并不是"飞流直下"的瀑布，而是巨大的断

> 行吟

壁。导游告诉我们，由于近期干旱少雨，镜泊湖水面下降，故而就没有了瀑布，我们可以到下面的"龙潭"拍拍照，留个影。同行的年轻人大呼上当，我倒是觉得留下些遗憾未必不是好事，这可以成为下次再来的"借口"。于是，我们又一次乘上电瓶车，出了南门。

> 姿态

拜谒中山陵

　　丙戌年初冬，我有幸随县委学习考察团去华东学习考察，暗自庆幸能借此机会拜谒中山陵，献上我对中山先生的崇敬之情。要知道今年是中山先生140周年诞辰，9月，我曾在北京碧云寺拜谒过中山先生的衣冠冢，眼下又能拜谒中山陵，不能不说是一种缘分。

　　我们从南京夫子庙旁的白鹭宾馆乘车前往坐落在紫金山南麓的中山陵。热情好客的小陈导游告诉我们说：中山陵自1926年春动工，1929年夏建成，面积8万平方米。从空中往下看，中山陵像一座平卧在绿绒地毯上的警钟。山下的中山先生铜像是钟的尖顶，半月形的广场是钟的圆弧，陵墓顶端墓室的穹隆顶尖就是钟锤。其寓意就是

"唤起民众"，完成中山先生未竟的事业。这一充满奇思妙想的设计，出自具有传奇色彩的青年设计大师吕彦直之手。吕彦直先生在获得这一设计首奖时，仅33岁，同时被聘为中山陵建筑工程师。由于建设过程中的劳疾，他于1929年英年早逝。

大约过了半个小时，汽车停靠在中山陵广场，中山陵便展现在我们眼前。中山陵因山势而建，坐北朝南，逐层叠起，雄伟壮观，依次为广场、牌坊、墓道、陵门、碑亭、祭堂和墓室。

我们首先在广场上集体合影留念，随后在小陈导游的引导下开始拜谒中山陵。

三开门牌坊立于墓道的南端，上刻中山先生手书的"博爱"两个镏金大字。其后是长375米、宽40米的墓道，两边栽满参天的雪松和不知名的大叶花草，使墓道显得庄严肃穆。墓道的尽头是陵门，门额上为中山先生手迹"天下为公"，这也是中山先生致力于中国民主革命的一生的真实写照。早在青年时期，中山先生上书清政府"人尽其才，

| 姿态 |

地尽其利,物尽其用,货畅其流",虽遭李鸿章的拒绝,但他毅然组建"兴中会",提出"驱除鞑虏,恢复中华,建立合众政府"的第一个资产阶级民主革命纲领,主张"亟拯斯民与水火,切扶大厦之将倾",全身心地投入反帝反封建的革命之中。

陵门的背后是一座高大的碑亭,亭内有一尊高6米、重几十吨,用整块福建花岗岩雕琢成的镏金字石碑,上面书写着"中华民国十八年六月一日中国国民党葬总理孙先生于此"。我静静地伫立于碑前。

虽说先生革命生涯短暂,但在中国革命史上留下了恢宏壮丽的篇章。1905年中国同盟会的建立,开创了完全意义上的中国近代民族民主革命。1911年推翻在中国延续几千年的君主专制制度,谱写了古老的中国发展进步的历史新篇章。更值得称道的是,中山先生一生追求真理,始终与时俱进,以"世界潮流,浩浩荡荡,顺之则昌,逆之则亡"为座右铭,强调"内审中国之情势,外察世界之潮流,兼收众长,益以新创",直到卧病弥留之际,仍念念不忘

"和平、奋斗、救中国"。

穿过碑亭,我们踏上由392级台阶和8个平台组成的石阶道。走上石阶,我深深感到设计者的匠心独运。石阶之间的距离迫使你必须一步一个台阶、毕恭毕敬地缓缓而行,务必怀着无比崇敬的心情,认真品味先生所说的"革命尚未成功,同志仍须努力"的教诲。走完这象征当时中国3.92万万人的石台阶,祭堂便呈现在我们的面前。向上望去,3个横门上分别镶刻着"民族""民权""民生",这就是我们在中学课本中熟知的旧三民主义,具体地讲就是民族独立、民权自由、民生幸福。后来中山先生受到俄国十月革命和马克思主义在全世界的广泛传播的影响,为三民主义赋予新的内涵,提出"联俄、联共、扶助农工"的三大政策,促成革命统一战线的形成,直接推动了国内第一次革命高潮的到来。在"民生"门上有中山先生手书的"天地正气"直额。祭堂两侧,矗立着两座华表。

我驻足在中山先生汉白玉卧像和汉白玉灵柩前,向卧像深深地三鞠躬。安息吧,中山先生,您呼唤的人人博爱

> 姿态

的世界，正向我们迎面走来，一个富强、文明、和谐的中国，已昂首跻身于世界之林。

我离开时已是夕阳西下，但拜谒者依然络绎不绝。此时此刻，我想起先生说过的"一旦我们革新中国的伟大目标得以完成，不但在我们美丽的国家将会出现新纪元的曙光，整个人类也将得以共享更为光明的前景"。让我们永远牢记先生的论断，为实现中华民族的伟大复兴，为推动建设永久和平、共同发展的和谐世界而努力奋斗。

中山先生永远活在我们心中！

行吟

走过桂林

东航的波音737飞机把我们从南京的禄口机场带到桂林,下榻桂林宾馆。按照旅行社印发的行程单,第二天我们将乘船游览美丽的百里画廊——漓江。我们准备乘船游漓江,在阳朔住一宿,然后乘车回到桂林。我记得导游说过这样的话:"如果没有贵重物品,大家就不要带行李,明天我们还住桂林宾馆。"难怪同伴说这明显是个圈套。我没有想那么多,只想早点感受一下"桂林山水甲天下,阳朔山水甲桂林"的感觉。

第二天,我起了大早,匆匆用过早餐后,才记起出发的时间是9点,故而便在桂林宾馆附近游荡起来。

桂林不愧为水上都市,到处是水,随处是桥,晨练的

|姿态|

人们要么在江边，要么在桥上摇着头，甩着手，踢着腿。我知道在这样的环境下，晨练的效果比我在红都每天登山都要好，真让人羡慕不已。我便不由自主地加入他们的行列。

漓江流经桂林、阳朔、平乐到梧州，汇入西江，全长437公里，从桂林到阳朔83公里，便是我们乘船游览漓江的必经之路。唐代大诗人韩愈曾以"江作青罗带，山如碧玉簪"来形容漓江的美。果然，漓江似一条青罗带，蜿蜒于万点奇峰之间，沿途风光旖旎，碧水潆回，奇峰倒影，构成一幅绚丽多彩的画卷，真不愧是"百里漓江，百里画廊"。

九马画山，是漓江上最让人流连忘返的景点，自古便有"看马郎，看马郎，问你神马几多双？看出八匹是榜眼，看出九匹状元郎"的民谣。导游告诉我们，敬爱的周总理在游览漓江时一眼就看出了8匹骏马。按照民谣所示，看出7匹是探花，看出6匹是解元，看出5匹是举人，看出4匹乃秀才也。说实话我只看出4匹，我大概只能算是个秀才而已。

大榕树景区荟萃了阳朔田园风光的精华，一棵已有

> 行吟

1400年的大榕树，让我想起"独木成林"一词。相传壮族歌仙刘三姐与情人阿牛就是在这棵大榕树下私订终身，与我同行的一些伴侣真可谓喜上眉梢，纷纷跑到榕树下合影留念。我知道这样的田园风光，在家乡是永远看不到的。

夜幕降临，我们有幸观看了由600多名村民参与演出，67位中外著名艺术家参与创作，用12座山峰、1.654平方公里水域为舞台的《印象刘三姐》山水实景演出。演出由7个部分组成：

序曲《山水传说》告诉人们，刘三姐这个歌唱的精灵，就诞生在山水间。

《红色印象》将山歌与捕鱼相结合，构成对歌的印象，网中的男人跳动着，像火的音符；《绿色印象》展示了落霞、炊烟、牛群、牧童和唱晚的渔船，讲述着乡村美景；《蓝色印象》把竹林、木楼、月亮等组合起来，展示在月亮上跳舞的精灵和水边沐浴的姑娘，唱着"山中只有藤缠树，世上哪见树缠藤？青藤若是不缠树，枉过一春又一春"；《金色印象》通过渔火、竹排、蓑衣、鸬鹚，展示古朴的劳

> 姿态

作方式，带来对自由生活的诠释；《银色印象》是《印象刘三姐》的高潮之作，约200名姑娘身着银灯服饰，在江面上忽隐忽现，构成漓江上又一奇观，令人赞叹不已。

结束曲《天地颂歌》唱道："多谢四方众乡亲，我家没有好茶饭，只有山歌敬亲人……"唱出了桂林人的热情。

山水实景演出《印象刘三姐》被誉为"与上帝合作的杰作"，真是名副其实。我们在惊叹这个全世界最大的天然剧场的演出的同时，更赞叹桂林人的大手笔、大文章。看来只有做大做强，才能有大的收获、大的效益。

返回桂林的途中，我们还游览了被誉为"世界溶洞奇观"的银子岩溶洞和世外桃源景区。真是好山好水好桂林。

行吟

梦断长影

丁亥年初秋，我来到了魂牵梦萦的长春电影制片厂。我们这代人大都是看着长春电影制片厂拍摄的电影长大的，这次长影之行是我的圆梦之旅。

穿过简易的长春电影制片厂大门，迎面便是一座高大的伟大领袖毛主席的塑像。他老人家高举左臂，神采奕奕，仿佛在召唤着走进长影厂大门的众人。

在他老人家塑像的脚下，导游给我们介绍了长影的发展情况。按导游的说法，长春电影制片厂的筹备实际上从1945年日本投降之后就开始了，当时起名叫东北电影公司，到1946年10月1日正式命名为东北电影制片厂。原址在黑龙江省鹤岗市，首任厂长是袁牧之，当时的人员主

> 姿态

要由延安、满洲（伪）映画株式会社和其他一些电影工作者组成。那时的设备和条件都很差，他们冒着枪林弹雨，摄制了大量的战争新闻片，如《民主东北》等，在今天都成了宝贵的史料。为拍这些影片，一些优秀的摄影师（如张绍柯、杨荫莹、王静安等）献出了生命。从1947年至1949年，他们创下了中国电影事业的6个第一：第一部木偶片《皇帝梦》，第一部科教片《预防鼠疫》，第一部动画片《瓮中捉鳖》，第一部短故事片《留下他打老蒋》，第一部长故事片《桥》，被电影史学家认为是新中国第一部译制故事片的《普通一兵》。1955年，东北电影制片厂改名为现在的长春电影制片厂。

在中国，人们都知道长春有两个大厂，一个是第一汽车制造厂，一个就是长春电影制片厂。长影不仅是个电影生产地，而且是个电影人才的培训地，在1960至1962年间还成立过电影学院，可惜后来撤销了。

听完了导游的解说，我对长影肃然起敬，崇敬有加。但随后的参观，让我留下了"梦断长影"的唏嘘。

> 行吟

　　我们首先走进所谓的长影历史画廊，在光线微弱的走廊两壁上，挂满了介绍长影历史的图片和一些知名电影艺术家的照片。我对这些艺术家耳熟能详，我看过他们主演的电影，读过他们的资料，那些电影的宣传画也让我有过兴奋不已的记忆。但我不能理解的是，长影为什么不把这些珍贵的图片放在明窗净几的展室里，而是随意放在这破旧楼房的走廊中？难道说它们过时了吗？

　　由于自己行动缓慢，加之受思绪的影响，小放映室放映的什么电影也没看到，只看到许多破旧的座椅。

　　录音车间里摆放着一块铁皮、一根柳条、一个转筒和一对小木碗，让你体验风声、雨声、雷电声和马蹄声，我知道这是过去制作响声的工具，现代的录音工具早已将它们取代。

　　我不知道过去每年能制作几部故事片，但每部都让人留下了深刻的记忆。如今每年制作百部影片，却让我怎么都记不住和想不起。似乎真是应验了那个流行一时的段子：电影被电视顶帽了，链轨被铲车顶帽了，司机被领导顶帽

> 姿态

了，相声被小品顶帽了……

我真的不敢相信，这里就是我魂牵梦绕 30 余年的长影。时代在发展，对老地方的景仰该何去何从？

行吟

情系碧云寺

国庆前夕,为陪我的挚友复查身体,我们结伴踏上了T45次进京列车。北京不愧为全国政治、经济、文化的中心,医院服务热情周到。复查进行顺利,很快查完,但结果一时还出不来。为了这两天不在提心吊胆、焦虑万分的状态中度过,我们决定用出游打发时间。

首先去的是鲁迅博物馆,但不凑巧,博物馆正在大规模维修,纵横交错的脚手架把整个博物馆罩了起来,一句"谢绝参观"将我们拒之门外。为此我们决定改去香山公园。

每次提起北京的香山,人们都会想起那闻名遐迩的香山红叶,以及毛主席住过的双清别墅。但我还有一个向往的地方——碧云寺。因那里与一位世纪伟人机缘深厚,那

— 姿态 —

就是民主革命的先驱，被颂为国父，深受人民崇敬和爱戴的孙中山先生。孙中山先生直到生命的最后一刻，都在为了祖国的和平统一而四处奔走。1924年10月，冯玉祥发动北京政变，电邀孙中山先生北上共谋国是。为了国家能和平统一，孙中山先生发表了《北上宣言》，召开国民会议，重申反对帝国主义和封建军阀，废除不平等条约。11月13日，孙中山先生毅然抱病由广州北上。由于长途劳累，他的肝病发作，到达北京时，病情急剧恶化，生命垂危。1925年3月12日，孙中山先生在北京溘然长逝。随后，孙先生灵榇移至北京香山碧云寺暂厝。

香山位于北京西北部小西山山脉东麓，碧云寺是香山最精美的一座古刹，创建于元明宗至顺二年（1331年），距今已有600多年的历史，是元朝开国元勋耶律楚材后裔耶律勒弥"舍寺开山，净业始构"，当时称碧云庵。明正德年间，太监于经在寺后山上修建了生圹，改名为碧云寺。明天启年间魏忠贤大加扩修，规模宏大。清康熙四十年（1701年），江南巡视张瑗得知碧云寺是逆臣魏忠贤之生圹而将之损坏。清乾隆十三年（1748年）因乾隆皇帝爱林壑之美，又大加修复，在寺后建起了一座印度式的金刚宝座塔，在寺右部仿杭州净慈寺罗汉堂修建了碧云寺罗汉堂，形成轴对称的格局。

我们穿过香山公园的北门，沿着参天古柏夹道的水泥路，来到碧云寺山门前。山门上悬挂着蓝底金字匾一块，上面是由乾隆皇帝用汉、蒙、满、藏4种文字书写的"碧云寺"3个字，山门两侧有清代旗杆基石。整个寺院依山势而建，逐层抬高，错落有序，依次为山门、弥勒殿、大雄宝殿、菩萨殿、中山纪念堂、金刚宝座塔。我无心观赏其他华丽的殿堂，直奔中山纪念堂而去。纪念堂内正中安放着中国国民党中央委员会暨全国各地中山学校敬献的孙中山先生汉白玉塑像，左右墙壁上镶嵌着用汉白玉雕刻的孙中山先生所写的《致苏联遗书》，正厅西北隅陈列着1925年3月30日苏联人民送来的玻璃盖钢棺，堂内还陈列着孙中山先生的遗墨、遗著。

正厅两侧的中山先生纪念堂展览室集中展现了孙中山

| 姿态 |

先生革命的一生，为人们更好地了解孙中山先生的生活及革命业绩提供了珍贵丰富的资料。第一展室内容分为6个部分：求学立志、致力革命、推翻帝制、创建民国、讨袁护法、伟大转折。概括了孙中山先生为了追求真理、振兴中华，经过艰苦卓绝的斗争推翻了大清王朝，结束了封建帝制，开创了中国乃至亚洲民主共和的新纪元，将中国革命推向了一个新的阶段的一生。第二展室分5个部分：抱病北上、病逝北京、暂厝香山、移灵南下、缅怀伟人。介绍了中山先生为了国家的和平统一，毅然抱病北上，直至坚持到生命的最后一刻。

我默默地观看这些珍贵的照片，细心地寻找着记忆中有关孙中山的丰功伟绩。1905年，孙中山先生在日本组成中国同盟会，提出了"驱除鞑虏，恢复中华，建立民国，平均地权"的资产阶级革命纲领，提出了三民主义学说，创办《民报》宣传革命。1911年10月10日武昌起义后，他被选为中华民国临时大总统。1912年1月1日他在南京宣誓就职，建立了中华民国临时政府。1924年召开中国国民党第一次全国代表大会，实行联俄、联共、扶助农工的三大政策……

我走出中山纪念堂，拾级而上，登上金刚宝座塔。1925年3月12日上午9时10分，孙中山先生在北京与世长辞。19日，孙中山先生的灵榇停放在中央公园（现中山公园），社会各界隆重公祭后，于4月2日将灵榇移至香山碧云寺金刚宝座塔石券门内暂厝。1929年5月，南京中山陵落成。5月22日，宋庆龄及亲属、医卫人员在这里为中山先生殓服，将更换出的孙中山先生的衣帽放回原殓之楠木棺中，封入金刚宝座塔石塔内。在碧云寺普明妙觉殿（现中山纪念堂）设灵堂，举行了庄重的灵榇奉移典礼。5月26日移灵南下。6月1日，孙中山先生的遗体于南京中山陵奉安礼成。为纪念中山先生遗体暂厝之地，国民政府在普明妙觉殿立"总理纪念堂"，在金刚宝座塔石券门石塔立"总理衣冠冢"。新中国成立以后，人民政府重修碧云寺并将两处改名为"孙中山纪念堂"（宋庆龄题写）和"孙中山先生衣冠冢"，以为后人瞻仰。

| 姿态 |

此时此刻,我忽然对国庆期间天安门广场摆放的花坛寓意有所理解。"福娃"寓意无人不晓;布达拉宫寓意青藏铁路建成通车;三峡大坝寓意三峡蓄水达到设计水位;落实科学发展观构建社会主义和谐社会,是即将召开的中共十六届六中全会的主题;而与天安门城楼上毛主席巨幅画像遥遥相对的是立于人民英雄纪念碑旁的孙中山画像,那是因为2006年11月12日是孙中山先生140周年诞辰纪念日。是的,孙先生是眼下海峡两岸共崇的伟人,应当让世人永远地纪念下去。这也是我对碧云寺情有独钟的根本所在。

走出碧云寺,我们来到香山游览索道的起点站。此时已是下午3点40分,工作人员告诉我们再过20分钟索道就要停运了,而缆车到达山顶需18分钟。此时的我们只想体验"会当凌绝顶,一览众山小"的感受,便匆匆坐上了吊椅向山上进发。

索道全长1400米,落差431米。上去之后往山下看,果然西山美景、北京城尽收眼底。南赏层峦叠嶂,流云塔影;北览碧云寺、金刚宝座塔;东眺玉泉山、京城美景;

西望香炉峰、踏云亭、紫烟亭、观景台。真是美不胜收，让人流连忘返。到了主峰香炉峰，工作人员笑着告诉我们，现在索道已经关闭，各位只好步行下山了。既然如此，我们便放心地在香炉峰欣赏各处胜景，在踏云亭拍照留念，在紫烟亭休闲小憩。不知不觉已是夕阳西下，我们便匆匆踏上归途。

　　香山的红叶，闻名的双清别墅，你们为我再来北京，找了一个美妙的"借口"。

　　再见了香山，再见了碧云寺。

姿态

深圳你好

深圳是中国改革开放的"窗口","时间就是生命,效率就是金钱"是深圳展示给世界的一张名片。我首次听说深圳,是20世纪80年代初期,那时的深圳已名扬天下。当时,县上组织领导干部去深圳考察,归来的人回到红都,都有一个共同的声音:红都再发展100年都赶不上深圳。从那时起我便有了去深圳看个究竟的强烈愿望,但直到2004年才有机会成行。

我根据旅行社的安排,第一天游览了世界之窗,登上地王大厦观深圳和香港夜景;第二天在当地人引领下走过中英街,去采购那些所谓货真价实、包退包换的货物,其后还参观了航空母舰。就这样,我那朝思暮想的深圳

> 行吟

之行成真了。深圳留给我最初的印象就是耸立的高楼、繁华的街道、熙熙攘攘的人群，是全国山河一片红中的一片红叶。

丁亥年的深圳行，让我对深圳有了进一步的了解，让我不禁要由衷地说一声：很高兴重新认识你，深圳你好！

为了学习管理的经验，我们给深圳纪委发了传真。由于我们缺乏外出考察的经验，未将航班和人数准确告诉对方。好在留了我的手机号码，热情好客的深圳纪委的同志便多次打电话让我提前告知行程、人数和航班。

9月23日，我们一行5人来到深圳。深圳纪委办公厅王主任放弃休息，早早等候在机场迎接我们。看到两鬓斑白的王主任这么大年纪还帮我们拿行李，我真为之感动。

"你们是来自老区的同志，我们书记一再讲，一定要把你们接待好……我在陕西当了几年兵，陕西可以说是我的第二个故乡，我们也是老乡啊！"王主任的一席话，瞬间拉近了彼此之间的距离。后来，我们得知王主任祖籍河北，

> 姿态

生于湖北，16岁到陕西渭北从军，其间多次来过黄陵、延安、黄龙。

王主任虽年纪大了，但依然是无微不至地照顾我们。早晨到房间叫醒我们，领我们用早餐，然后再把我们送回房间商量每日行程。如果是送我们去参加座谈会，他就会在会议室外等候我们。就连每天的饭菜，他都要求厨房尽量按我们陕西人的口味去准备，没有丝毫不耐烦。而后，我们去深圳市南山区纪委考察座谈，在那里同样受到了特别热情的接待。我要由衷地说一声："深圳你好，我爱你！"

深圳原为一小渔村，村里水泽密布，村落边有一条深水沟，当地方言俗称田野间水沟为"圳"，故而得名深圳。深圳市最早叫宝安县，辖今天的深圳市、东莞市和香港特别行政区等地。

而如今的深圳，已成为中国改革开放的先锋，是中国改革开放30年的缩影。今年，是中华人民共和国改革开放30周年大庆之年。我们这次深圳之行，走进深圳，了解

> 行吟

深圳,感受了深圳 30 年的巨大变迁。深圳让世界了解了中国,深圳让国人感受到了变迁,深圳让中国特色社会主义道路的优越性得到了验证。让我们共同祝愿深圳的明天更加美好!祝深圳好运!

姿态

旬邑印象

　　第一次听人说起旬邑是20世纪70年代。到80年代末，我在省财干院上学，室友中有一位来自旬邑的同学，通过他，我对旬邑有了更多的了解，也知道了刘志丹创建的马栏革命根据地就在旬邑。丁亥年盛夏，我随县里"双创"考察团到达被誉为"西安后花园"的旬邑。

　　旬邑地处渭北旱塬沟壑区，位于咸阳市北郊，总面积1811平方公里，人口27万，古称豳，秦封邑，汉置县，周人先祖后稷四世孙公刘曾在此开疆立国。今天被称为"红色土地""富饶土地""充满生机与活力的热土"。此次我们慕名而来。

　　我们沿着包茂高速的延安至西安段南行，经过铜川新区进入享有"渭北高原上的西双版纳"之美誉的石门山森林公园。雨中的石门山，林木茂密，层峦叠嶂，映入我们眼帘的是一望无际的绿海和浓浓的雾，为炎热的7月带来了丝丝凉意，让人倍感凉爽。旬邑热情好客的胡副县长和卫生局任局长在旬邑最北的一个村口冒雨迎接我们，让我们甚是感动。在他们的带领下，我们踏进全国卫生县城、省级园林城市——旬邑，下榻在宝塔宾馆。匆匆吃过午餐，我们便冒雨开始考察。

原底乡是我们此次考察的第一站。这里是典型的"苹果之乡"，全乡28843亩耕地，苹果园面积达21799亩，每年仅苹果一项就给农民带来可观的收入。干净整洁的街道和乡政府大院是意料之中的，但让我感到意外的是那一排排带着20世纪70年代印迹的砖瓦房和简陋的办公桌椅。我贸然走进几个乡干部宿舍，一桌、一椅、一辆自行车和一张木板床、几盆花草，给人一种简单和质朴的感受。也许是下雨的缘故，乡干部全然不知我们的到来，有的在看书，有的在看报。在这么简陋的条件下，仅有的26名干

> 姿态

部,却服务着16个行政村52个村民小组16329名百姓,由此可见乡干部工作的辛苦。看到这里,我对旬邑干部实干敬业的精神肃然起敬。

走进张洪镇鹏旗村,铺天盖地的标语和宣传画,让我目不暇接,房前屋后、道路两旁、墙里墙外都被宣传图文所占据,内容涉及方方面面。其中一条关于"创卫"的标语,格外引人注目:"你我自觉一点,鹏旗干净一点。"镇领导为我们介绍了鹏旗村。这是一个苹果专业村,274户1061人,仅有的1769亩耕地,其中1621亩栽植苹果树,农民人均纯收入3620元,是一村一品的杰出典范。村口4个造型各异的花园,与家家户户门前的绿化带和花草池构成一幅美丽的图画,让人赏心悦目。村民们整齐漂亮的住宅让我羡慕不已。我们走进几户人家,共同之处是在宽敞的客厅四壁,挂满了文人墨客的字画,可见旬邑人对文化的重视,让我想起旬邑街头的跨街横幅:"高考连续六年获北部五县第一。"

赤道乡下南子村是一个旧村改造的典型。村上按照

"立足实际，着眼发展；尊重农民意见，改善人居环境"的思想，整修道路12条，改造旧门楼6座，刷新墙面474平方米，绘制宣传画263平方米，栽植多类花草树木1.1万株，实现了"林在村中，村在林中"的目标。值得一提的是，村民们利用废弃的沟渠，建成2000平方米集休闲娱乐于一体的街心花园。园中争奇斗艳的各种花儿在雨中姹紫嫣红。此时此刻的我萌发出这样的想法：如果我能有这样的居所，我真的愿意放弃仕途，归田园居，当一农夫。

排厦乡井坳村是一个整体搬迁村，新村占地105亩，新建街道5条，178座群众住宅呈"丰"字形排开，真可谓社会主义新农村的杰出代表。我相信，过不了多久，这里将又是一个城里人休闲度假首选的去处。这里真是太美太美了，而我们因时间原因要返回宝塔宾馆，大家怀着不舍的心情，结束了一天的行程。

夜幕降临，我联系上了阔别多年的室友郭晓琪，他现供职于旬邑县物价局，是我在省财干院印象最深的同学之一。一则缘于我俩同窗共读整两载，二则是他的书法让我

> 姿态

羡慕不已。至今我仍记得清清楚楚，他是省财干院书法大赛冠军。他的真草隶篆皆行云流水，运笔自如，虽不敢说是炉火纯青，但也是功夫不浅。跨越17年的相逢，让我俩有说不完的话题。得知他因工作特别忙而疏忽了在书法方面的继续发展，着实让我感到有些可惜。他告诉我，旬邑的书法爱好者有许多，每年都要搞笔会，并把征集来的作品送到农民家中，用于装点家园。难怪我们走进每个农家都会看到书画。他的这些言语，再次证实了我在原底乡对旬邑干部作风的判断，那就是敬业奉献、艰苦实干、一心为民。我觉得这正是我们旬邑之行要学习的经验之一。

　　旬邑的早晨与家乡的早晨是一样的空气清爽。我和我们考察团的几个成员，跟随着几个晨练的旬邑人来到体育场。晨练的人真是不少。雨后的体育场美丽无比，红色的塑胶跑道、绿色的球场真让人看了激动。两圈跑下来，我便气喘吁吁，但为了充分感受这宽敞的运动场所，我挣扎着又坚持了两圈，其后便在紧连体育场的文化广场散步，欣赏起每一个灯箱上镌刻的名人名言和唐诗宋词，以及雕有旬邑历史名人丰功伟绩浮雕的巨柱。若不是同行的伙伴呼唤，我仍在品味这一反映旬邑历史和弘扬民族文化、展示城市形象的场所。

早餐过后，我们开始考察旬邑县级机关的"创卫"工作。人武部把花园与菜园有机结合起来，将机关大院装扮成园林单位，可谓匠心独运。县医院悬挂在住院大楼上的一道横幅——"带着感情上病房，想着患者开处方"，让人感到亲情般的和谐，令人十分感动。水利局是典型的园林式单位，院子中央是一座错落有致的花园，形态各异的鲜花与四周墙壁上五颜六色的宣传画交相辉映，置身其中，呼吸着微风中的缕缕清香，令每位来访者为之陶醉。杨局长对我们志丹环境卫生大加赞赏，让我们更加自信和自豪。翠屏湖是一个人工湖，山与水的巧妙相连，让人想起了"城在山中，水在城中，人在山水中"的境界。也许是中午烈日当空的缘故，湖边一派安谧，远处翠屏山上的景观亭静静观望着充满生机和活力的旬邑城。

在离开旬邑时，前来送别的旬邑县委宣传部杨部长的

> 姿态

一席话,让我们顿时消除了这两天的劳顿。她说:"旬邑和志丹因秦直道共同穿过,并且都是红色的土地而更近,因两地人民纯朴、善良、好客和领导层的频繁往来而更亲。让我们结成友好县,常来常往,互通有无。"

我祝福你,旬邑,祝福你的明天更美好!

> 行吟

再过汉中

　　汉中是陕西的一部分。按常理，陕西人去汉中，那是在自己的土地上走一走、看一看，不应该是个问题。但我敢说，对于陕北人来说，去汉中，犹如去蜀道，虽不至于"难于上青天"，却也是个不小的难。对一个陕北人来说，如果北上自然不路过此处，南下一般也只到西安，故而，顺路去汉中那也是有些艰难。

　　清明假期宝鸡之行后，挚友们见我情绪低落、愁眉不展，便拽着我前往汉中去赏遍地油菜花。受情绪影响的我不是很想出门，但又不想败了各位的兴致，只能强作欢笑，来去匆匆，没有留下什么印象，但也算是走过汉中一次。

　　壬辰桂月，全省加快推进城镇化和城镇建设工作会议

| 姿态 |

在汉中召开，红都志丹城获"全省县城建设先进县"殊荣，获得500万元重奖。我对"不走的路走三回"感受颇深，在壬辰龙年印证了这句老话，只不过是"不走的路走两回"。这次再访汉中，却给我留下美好的记忆。

汉中素有"汉之渊源，西北江南"美誉，2006年荣获"中国最佳历史文化魅力城市"。当时颁奖词这样描述汉中："位于中国版图的地理中心，历经秦汉唐宋三筑两迁，却从来都是卧虎藏龙，那里的每一块砖石都记录着历史的沧海桑田，每一个细节都证明着民族的成竹在胸。"

先说历史，早在公元前11世纪，汉中就是商朝的一个方国。之后，汉王刘邦在此成就汉室基业，汉将张良在此拜相封侯，萧何月下在此追赶过韩信，蜀相诸葛孔明在此呕心沥血、鞠躬尽瘁。再说文化，龙岗寺古人类文化遗址，被美国考古学家阿金斯称赞道："我从这里看到中国文化根源。"中科院黄蔚文评道："龙岗寺旧石器遗址是亚洲三大旧石器遗址之一。"再说自然，这里还有朱鹮、大熊猫、金丝猴、羚羊、娃娃鱼等这些让人们心驰神往的自然精灵。

难怪人们说汉中山水如诗如画，物华天宝，人杰地灵。

"一江两岸"是汉中的点睛之笔，最让人流连忘返之处。这里以汉江为轴，南北两岸以旅游休闲、饮食娱乐、生态宜居为特色。龙岗大桥、天汉大桥飞架南北，朱鹮楼、龙岗博物馆、会展中心、梁山之冠、汉中女神、天汉大剧院等十大公建遍布两岸。

俗话说"到什么山唱什么歌，见什么人说什么话"，规划展览馆自然就成了我必看必去的地方。我想去参观规划展览馆的根本原因是今年我们也要建设志丹展览馆，占地8.84亩，建筑面积2992平方米，主体4层，局部5层。如此规模的展览馆，里面摆放什么、陈列什么是困扰我多时的难题，试想如果只摆一个规划沙盘，就用不了这么大规模的建筑。汉中规划展览馆设计出自建筑大师张锦秋之手，在国内首屈一指，堪称典范，游览后令我茅塞顿开。

远远望去，汉中规划展览馆犹如一座"水立方"，静静地立在汉江北岸，守望着滚滚东逝的汉江水，迎送着来来往往的参观者。由于此次会议是高规格的省级盛会，上下

> 姿态

车有工作人员引导，展览馆内的讲解员也是彬彬有礼、落落大方。

走进一层展室，一张汉中地图映入眼帘。这是我意料之中的，规划展览馆嘛，肯定要有地图之类的物件。但巨幅的汉中文化墙和汉中名人浮雕头像，却是我始料不及的。上面的10位历史人物、10位现代名人，让人们对汉中肃然起敬。东北角上的拟建造的工程征求意见处，让人感到展览馆体现着"以人为本，注重民意，寻求民谏，集中民智"的作风。

穿过一段"时光隧道"，隧道中不仅依次陈列着从龙岗文化到中华昌盛之时的汉中之事，更让人称奇的是一处景观：绿草青青、汉水涟涟的"世外桃源"里，朱鹮展翅，熊猫戏竹，展现人与自然的和谐相处。

一个集声光电于一体的汉中规划沙盘，占据着二层和三层的中间，让人们对汉中的未来产生无限的憧憬。三层走廊环绕沙盘的，是汉中一区十县城市特色展区和以汉中产业化建设为主的展示单元。展览馆出口拐角处则是"一江两岸"规划沙盘。

走出规划展览馆，我的思绪飘向远方。看来家乡的展览馆不是大了，而是小了。规划展览馆应是一个城市发展进程的一部史书，无论历史沿革、风流人物、自然风光都可以展示于此。按照"148"城镇体系，即1个县城、4个重点镇、8个新型农村示范社区，无论地区大小，都可以在此登台亮相，展示风采。

我看过鄂尔多斯规划展览馆，那是由新加坡建筑师设计的大作，只有一层，其声光电技术和三维动画让人耳目一新。但如果你看过汉中规划展览馆，你就会觉得适合城市发展的政策的重要。我不崇洋媚外，也决不自轻自贱，汉中展览馆让我感到中国人的伟大。

感谢汉中，是你让我"不走的路走两回"；感谢汉中规划展览馆，是你为我建好红都志丹规划馆带来更多的思索和创意。看来三游汉中亦有可能。

— 姿态 —

拜谒乾陵

庚寅年初冬在望，天朗气清，惠风和畅。挚友相伴谒乾陵，畅主任的热情款待和小张导游的细心讲解，着实让我感动。夙愿得偿，无以回报，遂作拙篇以表感激之情。

乾陵位于八百里秦川西北部乾县境内，既是唐高宗李治与女皇武则天的合葬陵之名，又是章怀太子、懿德太子、永泰公主等17座星罗棋布的陪葬墓的总称，故而便有占地3440亩之说。

远远望去，乾陵（当地人称之为"大陵"）好像一位头北足南的睡美人，宽展的司马道是她的玉体。她静静地躺在渭北山地，承载着古老的文明，埋藏着神秘的传奇，给乾州儿女带来福祉，护佑着华夏子孙的和谐。

行吟

善良的小张也许是看到我气喘吁吁，怜我体力不支，便友好地提出让我乘车登大陵。但我真切地知道，拜谒乾陵应当毕恭毕敬、心存敬仰，只有拾级而上才能感受到乾陵的伟大，也只有缓缓而行才能表达我对女皇和高宗的崇敬之情。

我们默默地走上537级台阶铺就的大道，细细听着小张声情并茂的讲述，静静地思索着盛唐的丰功伟业。远在建陵之时，这里有4座城门、3道城墙、两排石雕、1条大道。不难看出这是一组倒排的自然数，我以为这便是一个玄机所在，因为但凡正排记述进行之事，倒排则为缅怀之意。虽然南朱雀、北玄武、东青龙、西白虎4座城门随着岁月流逝而消失湮灭，但仍然可以让我们想象到乾陵的宏伟和壮观。值得庆幸的是第三道阙墙仍在，犹如6扇折叠的屏风，分置于司马道尽头的两侧，守护着东边的无字碑和西边的述圣记碑，庇护着背后61名藩臣残缺的塑像。

司马道是睡美人心脏腹地，两旁依次排列着华表、翼马、鸵鸟、翁仲等巨型石雕，守望着乾陵的岁月，迎送着

> 姿态

南来北往的祭陵人。值得一提的是，翁仲石像多达10对，取十全十美之意，足见乾陵之霸气。翁仲系秦始皇时一大力士，身长1丈3尺，秦始皇命其守临洮，威震匈奴，以至于翁仲死后，匈奴人看到翁仲铜像亦不敢造次。相传乾隆带一群翰林巡游，见一石人问是谁，一翰林由于紧张，便将翁仲说成了仲翁。乾隆随即赋打油诗一首："翁仲尔今称仲翁，必是窗前少夫功。你今不得做林翰，罚到江南作判通。"不难看出乾隆是故意将每句后两字颠倒，以讽刺把翁仲说成仲翁的翰林。

无字碑存世不少。秦桧墓前的无字碑是因无颜面对世人。东晋谢安的无字碑，只因"安之功德，难以陈述"。泰山极顶的无字碑其实就是一个石阙，我看和乾陵的华表一样。而名扬天下的乾陵无字碑，据小张讲有3个版本：一是武皇帝为夸耀自己，表示功德大，非文字能表达；二是武皇帝临终遗言"己之功过，留待后人评说"；三是无字碑可能是唐中宗为其母所立，他虽不满母亲专权，但作为儿子不便评说，故立无字碑让世人评说。同伴们听完小张的讲述之后，便七嘴八舌地发表起自己的看法。还有人问这碑上明明有字，为何称无字碑。小张告诉大伙，那是一些游人刻画上去的，多达13条。可见敢冒天下之大不韪者，亘古有之，着实让人感到气愤。

述圣记碑又称七节碑，由7节组成，取于七曜，即日、月与金、木、水、火、土五大行星，暗喻高宗李治如日月普照天下、光耀千秋。据说由武则天撰文，中宗李显书写，原文共约5500字，为楷书，并"填以金屑"。如今金屑脱落，只存1500余字依稀可辨。

61尊藩臣雕像颇具神秘色彩，关于这些残缺之躯的传说更是神奇。我以为用61尊藩臣雕像守乾陵，是向世人昭示盛唐在世界的地位。让人无法理解的是为什么一边为29尊、一边是32尊，并且61尊全都没有头，只有身躯？小张的讲述让我们茅塞顿开：有一藩臣之子，看到父王为乾陵守陵，饱受风吹雨淋，心存不平，欲将父王的头取下，又怕落个此地无银三百两之实，便将61尊雕像藩臣之头统统拿下。

> 姿态

走出司马道,郭沫若老先生题写的"唐高宗李治与武则天之墓"的石碑和清乾隆年间陕西巡抚毕沅题写的"唐高宗陵墓"石碑,分立于道路两侧,告诉我们后面那座高高凸起的梁山,便是唐高宗李治与武则天的合葬墓。有人说郭老题此碑之意,在于为武则天受到后世的负面评论而鸣不平,有诗为证:"岿然无字碑犹在,六十王宾立露天。冠冕李唐文物盛,权衡女帝智能全。黄巢沟在陵无恙,述德纪残世不传。待到幽宫重启日,还期翻案续新篇。"

同伴们也许是看到那条直通山顶的道路和海拔1047.9米的梁山,便纷纷驻足不前。我知道只有登上山,才能感受到整个乾陵之宏伟雄壮;只有站在梁山之巅,才能感受到乾陵的气势磅礴。

登上梁山极顶,放眼南眺,司马道和迎宾大道犹如一条通天之路,着实让人心潮起伏、感慨万千。有人便大呼"会当凌绝顶,一览众山小"。而我又陷入了沉思之中:这个创造了无数第一的皇家陵园,为什么拜谒的人寥寥无几?按理讲周末游人应熙熙攘攘才是。记得乾县在20世纪80年代已成为西部最大的布匹和成衣集散地，而进入新世纪却隐身起来，让人不解。也许是我孤陋寡闻吧。但我认为，乾县的兴衰与飞速发展的高速路有极大关系。乾县距省城西安约70公里，距西府宝鸡也就个把时辰，处于这样两头便利的位置，拜谒乾陵的游人朝发西安、暮宿西安，在乾县停留住宿的并不多，旅游产业的拉动作用在这里也只能是从理论上说说而已。我相信就算是乾县当地人购物也一定是西到宝鸡，东进西安，两边都方便。乾县却变得冷清了。

我突然冒出这样的想法，如果我们把高宗皇帝和武则天的故事也搞成实景演出，让游人看演出、穿唐装，传承盛唐之遗风，吃乾县四宝，住皇陵左右，必将掀起新一轮的乾陵热……想着想着，已到夕阳西下，我也该加入到暮宿西安的行列之中了。

姿态

国庆纪行

自实行双休日和黄金周以来，今年国庆节遇到中秋节，假期是最长的，双喜临门。对我而言更是喜上加喜，外甥女出嫁之日选择在国庆与中秋节之间，在这个长假里，我无数次被激动和喜悦所包围。

国庆盛典

逢五小庆、逢十大庆是中华民族约定俗成的规则。2009年正值我们伟大的新中国成立60周年，大庆之事可以说是无人不知、无人不晓，加之当今各种传媒的大肆渲染，使60年大庆早已成为亿万华夏儿女关注的焦点和热点。一大早我便坐在电视机前收看中央电视台的国庆专题节目，据说是48小时联播。天安门上空60只大红灯笼烘托出喜庆祥和的氛围，广场东西两侧56根绘有各族人民载歌载舞图案的民族团结柱象征着56个民族共同擎起祖国繁荣富强的伟大基业。上午10时整，随着寓意祖国60岁生日的60响礼炮响起，伴随着雄壮的《义勇军进行曲》，国旗护卫队200名队员迈着正步，从人民英雄纪念碑走向升旗点，国庆盛典的大幕徐徐拉开。

当胡总书记乘坐挂有"京V02009"牌照的红旗阅兵车驶上金水桥，我的心也同亿万中华儿女一样激动，情不自禁地喊出"祖国万岁"。有人说这是当今最牛的车牌，寓意"2009年我们胜利了"。当"同志们好！同志们辛苦了！"的问候声响彻天安门广场时，我的眼里涌出了激动的泪水。如贺敬之先生在《回延安》中所言"心口呀莫要这么厉害地跳，灰尘呀莫把我眼睛挡住了"。此时此刻，我要说"泪水呀莫把我眼睛挡住了"。金秋十月，三军列阵，铁甲生辉，展示了祖国的强大。13个徒步方阵走出人民军队听党

> 姿态

指挥的坚定步伐，30个机械化方阵行进表现出人民军队的强大，12个空中方阵151架飞机展示出人民军队誓死捍卫国家尊严的气概。

群众游行以"我与祖国共奋进"为主题分为7个部分，由10万各界群众以不同方式，尽情抒发对伟大祖国的衷心祝愿和美好祝福。

首先走来的是仪仗方阵。激越豪迈的《红旗颂》乐曲响起，1949名青年高擎着巨幅国旗，2009名青年簇拥着巨型国徽和国庆年号，从天安门前健步走过。鲜艳夺目的国旗，熠熠闪亮的国徽，见证了60年来伟大祖国翻天覆地、沧海桑田的历史巨变，见证了60年来中华民族奋勇向前、走向复兴的光辉征途。

簇拥着毛泽东、邓小平、江泽民、胡锦涛同志巨幅画像的游行方阵，以"奋斗创业""科学发展""世纪跨越""改革开放"为内容，表现了在党的4代领导集体的英明领导下，年轻的共和国走过的辉煌历史。特别是安塞腰鼓表演方阵的登场，仿佛告诉观众，在过去的岁月里，圣地延安为中国革命做出的贡献,以及在继往开来的今天,安塞为学习实践科学发展观所做出的贡献。作为一名红都儿女,我骄傲,我自豪,祖国不会忘记"延安精神永放光芒"。随后走来的各行各业和各省市自治区的花车,以"辉煌成就"为内容展示了我们伟大祖国面向世界、面向未来,巍然屹立于世界东方的巨大成就。以"锦绣中华"为内容的方阵,充分展示了神州大地的壮丽山河和蓬勃生机,真切表达了各族人民对伟大祖国的深情祝福和共谱凯歌的豪情壮志。最后,由少年儿童组成的以"美好未来"为主题的游行方阵,在"未来号"航船造型彩车的引领下,高唱《中国少年先锋队队歌》,昭示着中国特色社会主义事业薪火相传、后继有人。

当5000多名手持彩色气球和缤纷花环的少年儿童来到天安门前,《歌唱祖国》的乐曲响彻整个广场。一遍遍的展示,令人一次次地激动;一阵阵的欢呼,让人一次次地陶醉。正如总书记所讲,伟大的中华人民共和国万岁!伟大的中国共产党万岁!伟大的中国人民万岁!这

姿态

是亿万人民的心声，这是中华儿女的心愿，这是全世界华人的祝福。

华灯初上，天安门广场变成欢乐的海洋。联欢晚会以"我的祖国"为主题，分为4个乐章，即"这是伟大的祖国""是我生长的地方""在这辽阔的土地上""到处都有明媚的阳光"。总书记与身穿各民族传统服饰的花季少年手牵着手，走入欢庆的人群，与人民群众共庆共和国生日，共祝祖国繁荣昌盛，这样的欢乐氛围把国庆盛典推向了高潮，让人想起普天同庆、与民同乐的乐章。

渭南婚俗

婚礼是人生的大典。世界之大，婚礼风俗各异，自古就有方圆十里乡俗不同之说。但无论风俗怎样，都以热烈和喜庆为主题。这里我把在渭南参加婚礼的过程告诉各位，和大家分享我的喜悦。

迎亲队伍来到女方家门前时，女方家的亲朋好友，会堵住大门，讨要红包。经过几个回合的讨扰，迎亲队伍才能跨进门内。迎亲时必带4样礼品，分别是两瓶酒、两条烟、一方肉和一盘莲藕，据说都有一定含义。拿礼品的4个年轻人一字排开在女方父母面前，诉说他们这一路的劳苦，讨到红包后便冲向屋门敲门呐喊。女方众亲友又开始新一轮讨红包。屋门打开后，伴娘和要好的朋友故意将新娘的一些佩件和鞋子藏起来，让新郎寻找。新郎只能拿红包乞求众好友告诉他藏匿之处。经过一阵子耍笑后，新郎便抱起新娘上花车。

迎亲车队没走多远，花车便停了下来，司机告诉我们车没油了，要加油。我们很是纳闷：这些人真不负责任，人家大喜之日，车怎能没油呢？后来才明白是司机们讨要红包的借口。发吧，人手一份。车队继续前行，不一会儿又停了下来，又喊着要加油。这次我们有了经验，与司机们逗乐，说刚刚加过了。司机们笑着说，好事成双，得加两次油。没得说，再发一次红包。

眼看到新郎家小区，一辆小车横在路前挡道，这是新

> 姿态

郎的好友挡道讨要红包。到了小区门口，小区的住户和保安挡在门前要烟、要糖、要红包，经过几番嬉闹后车队才来到洞房楼下。男方众亲友簇拥着新郎父母扭着秧歌拦住花车。新郎父亲头上扎个小辫，戴一朵小红花，脸上涂满红色；母亲也是满面红色，手拿红伞。围着花车转6圈后，新郎母亲拿出一个大红包交给新娘，新郎又抱起新娘下车，楼门、房门、卧室门都有新郎亲朋好友把着，自然要靠红包打通后，新郎新娘才能进入洞房。按讲究，要由女方家小孩在洞房门上挂门帘，但门帘、挂钩、凳子也是要用红包买的。挂的时候则由男方家给红包，挂一个角要一个红包。此刻具有浓厚色彩的渭南风俗婚礼才落下帷幕。

可以说每一次讨要红包，都会有一次嬉闹的场景，也为亲朋好友、左邻右舍争得一次欢喜，让人感到一种幸福、一种快意、一种和谐。也许有人问：这得多少红包，得用多少钱？实话告诉你，挂门帘红包50元，加油红包5元，其他都是1元，只是为了图个喜庆热闹和吉利。

| 行吟 |

己丑中秋

年年有中秋，岁岁盼月圆，但己丑年中秋对我和我的家人来说最难以忘怀，圆了我多年来的愿望和梦想。年迈的父亲时常提起他1956年在西安上学时登上城墙的故事，爱唠叨的母亲也常常说起30年前走过西安的事情。我知道二老早已有了去西安逛逛的夙愿。参加完外甥女在渭南的婚礼，我们顺便带上二老走进西安，同远在宝鸡、银川的姐妹兄弟共聚古都，欢度中秋。

早晨6时许，父母便唤醒我们，我怀疑父母大人兴奋得彻夜未眠。我们匆匆用过早餐，便带上二老去登古城墙。在购买门票时，工作人员告诉我们如果是70岁以上的老人，可凭身份证免费游览。父亲高兴地拿出自己的身份证，而年迈的母亲却没有带，于是老两口便相互埋怨。我更觉自责，这不是老人的错，而是我们做儿女的粗心大意。

登上城墙，二老迫不及待地坐上人力车去游览城墙，我们则是拍照闲聊等着二老回来。过了半个多小时，还不见二

> 姿态

老归来，大伙有些着急，便顺着二老远去的方向走去。不一会儿便远远看见二老乘坐的人力车向我们驶来。看着二老喜悦的笑容，儿女们欢呼起来。激动之际我换下蹬车人，蹬着人力车拉着二老逛起城墙。此刻的我心里有些酸楚，二老为了我们辛苦了一辈子，但我为二老做得太少太少。

大唐芙蓉园是西安新近开发的大型皇家园林式文化主题公园，也是我们陕西人引以为傲的旅游景点。上午9时许，我们带着二老走进大唐芙蓉园。这个园子真大，据说有1000亩，我们都说乘电瓶车转转，可父亲说还是走着看得仔细。让我们感到吃惊的是，二老比我们走得更快，看得更细。二老有健康的身体和喜悦的心情，是我们做儿女的最大福气。

夜幕降临，我们相聚在金汉斯酒楼，这是刚刚新婚的外甥女和女婿专程从渭南赶来为我们安排的中秋团圆饭。"来之不易"的团圆，兴奋得我们都忘了赏月之事。但我们无悔，因为我们圆了父母多年来的梦想。今年的中秋让我们终生难忘。

> 行吟

初夏过金丁

这个春季很长一段时间内,气温忽冷忽热,时雨时风沙的天气阻碍了我去金丁走走看看的想法。等时光驶向初夏,总算让我等到一个好天气,当天便与同事们一起向西去,走金丁。

金丁是一个镇,位于县城西北部,由于洛河的穿境而过,志丹县西部自然形成一块相对独立的区域,人们习惯称之为"西川"。这里因是群众领袖、民族英雄刘志丹将军的出生地和祖居地而扬名。近年来,这里因迅速发展壮大的3万亩山地苹果基地的建成和东方新希望集团的落地,再次引起人们的关注。基于此,便有了我的这篇"西行漫记"。

> 姿态

乘坐的中巴车行进在志丹至南梁的红色旅游线路上，扑入我们眼帘的是满山遍野的绿、重峦叠嶂的绿、迎风摇曳的绿，让人倍感舒适。我知道，这是退耕还林、封山禁牧的成果，更是"绿水青山就是金山银山"的最好诠释。

又过了一阵，中巴车终于到达目的地。接待我们的是热情的小谢书记。没有过多客套的寒暄，他直接把我们带到一户新修3间平板房的农户家，我知道，这崭新的平板房是脱贫攻坚的成果，是"两不愁三保障"的硕果。平板房的主人叫赵连昌，他高兴地告诉我们，是党的好政策让他们一家住进新房，因为政府补助了他4万元，修房子后他没有欠账。看到他脸上的喜悦，看到干净整洁的院落、明窗净几的房屋，我为金丁政府改善人居环境的工作取得实效而感动。

而后，小谢书记接着向我们介绍了王宝强，他是一位返乡创业的优秀代表。王宝强将草垛湾村300多亩闲置撂荒的土地流转聚集到自己手中，建成集中连片的高标准山地苹果园，吸引在外务工的赵沟门村村民返回村里效仿。

他既当"地主",又做"佃户"。"地主"是因为他聚集土地建成果园,"佃户"是因为他自己踏踏实实在果园里务农。王宝强这一"大户带动,产业牵动,村民互动"的生产方式,是个多赢格局,是条真正实现群众劳动致富的道路,我对能人王宝强的机敏感到敬佩。

金丁古寨位于洛河与罗平川河交汇处,犹如一座巨鼎坐落在洛河岸边。值得一提的是20世纪30年代,谢子长来此与刘志丹会合后,创建了金丁山寨小学,发展了保安教育事业,进步人士田仲兰曾到此工作。后来,这里建立党团组织,为党和国家培养了许多人才。由此可见,金丁古寨是一座英雄辈出,镌刻红色印迹的古寨。如今,金丁古寨下是农村集贸市场,每月农历逢"三"、逢"八",这里便有热闹非凡的农产品交易集市。

金丁还有举办得如火如荼的新时代文明实践活动。金丁政府借助新时代文明实践广场,秉承"123456"工作法,开展了一系列文明创建活动。活动围绕着"新时代文明实践"1个主线,依托志愿者服务、红都乡贤2支队伍,

> 姿态

实施建设"乡风、民风、家风"3大工程，突出组织保障、资源整合、活动开展、措施保障4个到位，用好深入宣讲、群众互评、关爱帮扶、文化乐民、庆典传承5种形式，传思想习理论、传政策习科技、传美德习品行、传文化习行风、传技能习风采、传法律习规划6种模式，开到了"风俗习惯新，村容村貌新，人居环境新，社会风气新，精神面貌新"的新局面。

金汤村是金丁镇北部的一个小山村，有人说"固若金汤"一词即来源于此。后来我查阅《辞海》，才知与此地无关。金汤村是作为刘志丹将军的出生地而闻名于世的。金汤小学旧址院内建有刘志丹事迹陈列馆，所陈列的照片都是从县城志丹陵陈列馆复制而来，对于我们这些来自县城的人们，自然再熟悉不过了。加之有更多的游览点位和惊喜等待着我们，于是我们只能匆匆看过。

有人说过缺憾也是一种美，而我觉得缺憾是让人故地重游的最好的理由。本想留出更多的时间，看看刘志丹将军的祖居——芦子沟，谁知巨大的塌方堵塞了道路，我们只好遗憾返回。

我的爷爷曾在这里参与土地改革，我的父亲在这里的供销合作社整整工作了5年，我的大姐在金汤插队2年，参加了石沟水库建设大会战，我1984年参加工作时这里开办了第一个工商所，这里可以说与我及我的祖祖辈辈有着不解之缘。今天我有幸匆匆一过，感悟多多，欣慰多多。别了，金丁。

祝福金丁，希望金丁能在新时代里继续发扬它的风采。

| 姿态 |

苦难的历程

神舟十二号飞船返回舱平稳着陆，国人无不欢欣雀跃，高奏凯歌。神舟十三号飞船整装待发，据说，定于10月16日载3名宇航员升空。国人翘首以盼。好友相邀去酒泉卫星发射中心，感受那震天动地的时刻。意有所极，梦亦趣同，欣然前往。一行人在北斗导航的引领下，向西北行进。

酒泉卫星发射中心在内蒙古自治区阿拉善盟额济纳旗，距甘肃省酒泉市区其实还有200多公里，经查，为了有一个响亮的名字，便命名为酒泉卫星发射中心。如今航天科技高速发展，人们已将其唤作"东风航天城"，通往这里的公路就叫航天大道。

到达目的地后，顾不上一路跋涉的劳累，我便兴冲冲地加入查验队伍之中。同伴笑道队伍里的是航天城的工作人员，发射期间非公禁人。既来之则安之，我目睹航天城的美梦破灭，但看胡杨，观飞天，游月牙，登雄关的梦想变成了现实。

额济纳旗是北国边疆的一个小县城，人口仅3万，而面积与江苏省等同，大于两个宁夏回族自治区。这里的胡杨林与伊吾胡杨林、轮台胡杨林并称为中国三大胡杨林。也许是我们运气欠佳，看到的要么是绿林成荫的胡杨，要么是落叶遍地、枯枝四见的胡杨，想象中挂满金灿灿叶片的胡杨树始终不得见。一个时辰的搜寻让我们兴致缺缺，有人说来的早了，也有人说因霜冻，叶子落早了。

"活着3千年不死，死后3千年不倒，倒后3千年不朽"的豪言壮语，多少人肃然起敬。但感动我的反而是那句"3千年的守望只待你的到来"，刻骨铭心。

敦煌，华夏5千年文明史的缩影，更是我的梦寐以求、心之所向。无论是在学过的课文中、邮票收藏品里，还是在眼下的网媒中，每每看到敦煌壁画，都让我兴奋不已。

| 姿态 |

　　本想细细品，慢慢找，谁知为了保护，只能停留片刻。不是被其他游客推着向前，就是被保安喊着挪动，匆匆走过4个洞窟，便被送出了景区。意犹未尽的我便选择去参观敦煌博物馆，参观完后，我和同伴向着月牙泉前进。

　　月牙泉是敦煌八景之一，素有"沙漠第一泉"的美誉。传说汉武帝得天马于渥洼池之中，后人疑月牙泉即汉渥洼池，有石碑汉渥洼池为证，"四面风沙飞野马，一潭之影幻游龙"为佐。或许是登鸣沙山过于劳苦，注意力不集中，我一直没有找到石碑存处。但唐三藏与月牙泉的传说令我深信不疑。当年，唐僧经过茫茫无际的沙漠，在水和食物全无的绝境时，观世音菩萨从紫金瓶里滴下一滴金水。瞬间，大漠中出现一汪月牙似的清泉，唐僧获救了。兴奋不已的我将月牙泉照片发上朋友圈，好评如潮。驻足鸣沙山巅极目远眺，正是"悠悠乎与灏气俱，而莫得其涯；洋洋乎与造物者游，而不知其所穷"。但我那优哉游哉的意境被好友的一个电话打击为泡影。他告诉我，从2000年起，月牙泉靠补水维持到现在。我听后，心里产生了一丝说不出的苦楚。收拾好心情,我们继续向前进。

嘉峪关,和山海关、镇北台二者一起被誉为中国长城三大奇观,其有"天下第一雄关"之称。始建于明洪武五年(公元1372年),由内城、外城、罗城、瓮城、城壕和南北两翼长城组成,是中国古代"丝绸之路"的要塞。我随着如织的游人一起寻找定城砖,听着"冰道运石""山羊驮砖""击石燕鸣"的逸闻轶事。到处都是导游的"津津乐道"声,游人迷茫思索,只有定城砖,孤零零的在城墙之上,留下千古佳话。很遗憾,我期待的"大漠孤烟直,长河落日圆"的场景,始终没有出现。要说嘉峪关之行我印象最深刻的,便是林则徐被贬新疆途中,经过嘉峪关时留下的那首诗:严关百尺界天西,万里征人驻马蹄。飞阁遥连秦树直,缭垣斜压陇云低……

生不逢时,时运不济,西去东归,疫情骤起,苦难的历程让我们诚惶诚恐。但如今,窗外依旧车水马龙,欢声笑语。外界的喧嚣早已与我无关,只是这层林尽染的壮丽画卷,又一次激起我对风景独好的爱恋。

> 姿态

再访大槐树寻根祭祖园

"姓啥从那百家姓里查,祖籍在那黄土高坡大槐树底下……"就是这首家喻户晓的《中国娃》,激起国人寻根祭祖的热潮。山西省洪洞县大槐树寻根祭祖园,便成为人们纷至踏来的地方。

大约是2013年去河北出差,在京昆高速上看到大槐树景区标示牌,细细一查,离高速收费站仅23公里,我便欣然前往。说实话,当时真是走马观花,匆匆一过,没有留下深刻的印象。不过,那一次勾起了我写家谱的热情。回到家乡后便去乌审旗、富县、甘泉等地寻根问祖,张罗起续写《横山马氏家谱志丹支补遗》之事。时至今日,续写

> 行吟

工作仍在继续之中。

癸卯盛夏，车辆再次行走于京昆高速上，在返回志丹的途中，我又一次来到了洪洞县大槐树下。这次有着充裕的时间，炙热的天气，让我更多的时间留在祭祖堂、中华姓氏苑、碑亭、三代槐树处等园内可停留避暑处。

洪洞县移民，始于北宋末年宋室南迁，到了明朝洪武、永乐形成高潮，一直延续到清代中叶，约700年。值得一提的是明朝时期，统治者为了恢复生产，增加人口，发展经济，开发边疆，实行移民屯田，奖励垦荒的民屯、军屯和商屯之制，迁移涉及1230个姓氏，移民人口数以亿计，遍布18个省市，500多个县。

祭祖堂是仿明代建筑，为大槐树祭祖园的核心。堂内设1230个移民先祖姓氏牌位，是国内最大的百姓祠堂，也是"天下第一民"祭堂。来到这里的人们自然是来寻找本姓排位之处，祭拜上香，点烛思祖。虽说是人群拥挤之地，好在有共同的心愿和虔诚的心境，使这里的一切都井然有序，礼让优先。

> 姿态

环绕祭祖堂一周，庆幸找到马氏族训《诫兄子严敦书》："吾欲汝曹闻人过失，如闻父母之名，耳可得闻，口不可得言也。好议论人长短，妄是非正法，此吾所大恶也；宁死，不愿闻子孙有此行也。"难怪我熟知的老马家人，都有任劳任怨、默默奉献和与世无争的共性，原来是老祖宗早就要求我们这样做了。

"根"字影壁是这里的标志性建筑，在鲜花簇拥下，立于大门内侧，成为人们打卡拍照之首选。让我感到迷惑的是，这与我10年前看到的影壁并不相同。印象中的影壁没有这么高大雄壮，周围的景物也不同。接下来，在园区的东南角找到了最初的"根"字影壁，正是我记忆中的妙小精致的影壁。它孤独的立在这里，告诉我景区已扩大数倍，今非昔比。但我以为，这样的处理欠妥，会让人感到寻到了两个"根"，如果是不愿意拆除，可在其前立上原根字影壁的介绍，说明原因。

来到大槐树，自然必看3代大槐树的尊容：第一代大槐树早已被汾河水冲走，只留下一块石碑告诉人们，大槐

| 行吟 |

树曾立于此。第二代、三代大槐树枝繁叶茂，据说是与第一代大槐树系同根同宗。无论怎样，看到了大槐树的模样，人们叹为观止。我心潮澎湃，深感不负此行。工作人员告诉我现在表演大移民情景剧的那棵大槐树，是能工巧匠的杰作。树身是砼浇筑而成，槐树藤枝、枝叶遍布四周。

没有去过寻根祭祖园的人们一定不知道"解手场"是干什么的。这是对"解手"一词由来的有效说明。园内一组迁移人群队伍的雕像，雕刻着一根粗壮的绳索把人们连在一起。有人说是怕迁移的人掉队或走失，但更多的人认为是怕这些背井离乡的人们逃脱，途中若有内急，必得向官人报告，要求解开被背捆绑的双手，这样就有了"解手"一词。它成为上厕所的代名词，同移民一事流传到现在。现在人们把它叫作上洗手间，只是多了一份洋气。还有人说"联手""背手"也是出自迁移队伍。"联手"是一路同行的迁移人时长日久便成为好朋友的代名词。"背手"是出自双手背捆的迁移人的姿势，成了华夏儿女背着手走路姿势的形容词。

| 姿态 |

    走出寻根祭祖园，我感到这次旅程又一次增添了我续写家谱的热情。眼下的我已离开工作岗位，没有继续拖延续写的借口，也找不到忙的理由了。

    顺便说一句此行对"洪洞县里没好人"的了解。这是戏剧《玉堂春》里的唱词，是苏三因痛恨洪洞县令误判其有罪而言，其意是说洪洞县衙里无好人。在这短暂的行程中，我感到洪洞县的百姓与我们一样可亲可爱，民风也是淳朴厚德的很。

所思

所思

观"英雄史诗,不朽丰碑"记

听说首都北京举办纪念中国工农红军长征胜利80周年大型主题展览"英雄史诗,不朽丰碑",恰逢国庆长假,我们便欣然前往。

早晨5点多从宾馆出发,加入熙熙攘攘的人流中,赶往天安门广场看升旗仪式。

看升旗仪式,是我每次进京的必修课。每逢国庆长假,说得最多的话题便是堵车,谁知步行也存在"堵"一说。好不容易挪到广场,五星红旗早已迎风飘扬。到过首都北京的人都知道,看过升旗就该去毛主席纪念堂排队了,而我心里老想着看展览,便四处打听展览的地点。广场上大多是外地游客,一问三不知,最后只好求助于警察同志。

> 姿态

警察告诉我展览在军事博物馆,并告诉我坐地铁1号线去。我知道"军博"也在长安街上,既然到了天安门就走着去吧,顺便再看看新华门、国家大剧院等。谁知从天安门东走到天安门西已是气喘吁吁,看来警察同志让我们坐地铁是有道理的。

"军博"西南门有好多人在排队进入,好容易排到门口,却被拒之门外。这里是团体票入口处,我这个散客要在西北门进入。找到西北门口却看不到排队的人群,看到的是一张告示:上午为团体参观,下午1点半接待散客。百般哀求未果,我便告诉他我们来自革命圣地延安,热爱红军长征这段历史,来一次北京不易,希望能一览"军博"风采。这番言谈后,保安感动了,拿起对讲机与他们的领导联系,未果;又带着我去找票务管理人员,还是没有成功。好心的保安让我们去隔壁的世纪坛,说那里也有个展览,而我们选择回到天安门广场,等待下午1点半后再来。

下午1点半,我们顺利进入军事博物馆。走进正门,迎面便是毛主席的《七律·长征》诗墙。绕过诗墙便是展厅，3根巨柱护佑着雄伟壮观、气势磅礴的群雕，柱子上分别刻着"长征是宣言书""长征是宣传队""长征是播种机"，我们都知道这是毛主席对长征的总结。

展出以时间为序，主要通过大型的油画和一些照片及实物展示主要战斗、重大历史事件等。据说展品包括各种图片275幅，文物252件，艺术品451件。展览共分6部分：一是"战略转移踏征程"，主要反映苏区创建斗争和第五次反"围剿"失败，红军实施战略转移开始长征；二是"伟大转折定航向"，主要反映党中央与党内"左"倾错误路线进行斗争，召开遵义会议，确立了毛泽东在党中央和红军的领导地位；三是"浴血奋战勇向前"，集中反映在毛泽东等红军领导人的高超军事指挥下，多路红军取得了一个又一个战役战斗的胜利；四是"革命理想高于天"，形象展现红军爬雪山过草地的艰苦历程，突出展示红军将士坚如磐石的革命理想信念；五是"胜利会师开新局"，主要展示三大红军主力胜利会师，开创中国革命新局面；六是"不忘初心，走好新的长征路"，主要展示中国共产党团结

| 姿态 |

领导全国各族人民，继承弘扬长征精神，在革命建设改革中取得的伟大成就。

说实话，这些图片和解说我多少都有些记忆。给我留下深刻印象的，是油画作品《开始长征》《遵义会议》《到陕北去》《永坪会师》等。

我无心随参观的人流鱼贯而行，只想知道这次大型展出有无刘志丹将军的相关记载。果然，有一个展柜集中展出了刘志丹将军使用过的毛毯、砚台、手枪等，看到此处我悬着的心终于放下了，惶恐的心得到了安慰。就应当如此，说长征胜利就应该说陕北，就应当说刘志丹革命精神。我知道，将军牺牲后，周恩来总理为将军题诗道："上下五千年，英雄万万千。人民的英雄，要数刘志丹。"

在我家乡的刘志丹烈士陵园展室外有一块石碑，镌刻着党中央印发的文件，内容大概是：陕甘边、陕北两个地区的党组织在20世纪30年代前期先后发动了武装革命，创立根据地。在整个发展过程中，双方逐渐互相联系、互相配合和互相支援，先后在刘志丹、谢子长同志的领导下

> 所思

于1935年2月成立了西北工委和西北军委，达到了完全统一。谢子长同志负伤去世后，红二十六军和红二十七军两军在刘志丹同志统一指挥下，粉碎了国民党军对陕甘边的第二次"围剿"，解放了延长、延川、安定、安塞、靖边、保安6座县城，把两个苏区连成一片，创建了大片革命根据地，成为中央红军和各路红军北上抗日的立足点和出发点。陕甘边的党、革命武装和人民群众在刘志丹、谢子长等同志的领导下为革命胜利做出了巨大贡献，应当被光荣地载入史册。

"英雄史诗，不朽丰碑"展览把刘志丹列入，实属无愧于历史、无愧于先烈之举，更是告慰将军在天之灵之举。我为自己是将军故里人感到无比骄傲和自豪。

> 姿态

我也说一说《夺冠》

去年国庆期间，中国女排姑娘们赴国宴、登花车，让久违的中国女排又回到国人视野，我关于女排的记忆也被逐一唤醒。或许是为了迎合国人的心理，陈可辛导演的《中国女排》后更名为《夺冠》，在今年国庆期间上映了。

近日，出差省城，饭后与同事散步闲聊之中，便谈到《夺冠》，也说到了网上的热议。我觉得有必要亲眼证实，便匆匆找影院。无巧不成书，影城竟然距我们仅百步之遥，匆忙前往。走进放映厅，才发现加上我们3人总共只有8个观众，大概是近1个月间放映次数多的原因吧。说实话，这对我那极高的兴致和热情有些挫伤。

《夺冠》的剧情以带领中国女排用30年时间、经过一场场的奋力拼搏为全中国人赢得尊严的3名著名主教练为轴，逐一展开，用残酷艰辛的画面，诠释了那句"天将降大任于是人也，必先苦其心志，劳其筋骨，饿其体肤，空乏其身……"的真实含义。

袁指导说："我现在只要求你们记住一件事——我们是在什么地方打球？我们是中国人，我们代表中华民族。这场球如果拿不下来，你们会后悔一辈子。"这话让女排姑娘奋起直追，让作为观众的我泪流满面。我觉得这种情绪但凡走进影院观看《夺冠》的人都心领神会。

有人说，《夺冠》其实就是"郎平传"，我不赞同。不过值得一提的是电影中饰演郎平的巩俐，表演得真好，不愧是一代影后，真该为她叫好喝彩。还有白浪演年轻时期的郎平，更是神似形似，看来与优良的基因和潜移默化的熏陶是分不开的。至于女排姑娘朱婷、徐云丽、张常宁、林莉等的"真人秀"，也无可厚非，在大屏幕上虽然没有巩俐熠熠生辉，但专业的身手尽显女排风采，这一切的一切都为影片增色不少。特别是郎平和海曼的对话场景中，海

> 姿态

曼的一席话让观众为之一振，让国人扬眉吐气："虽然你没我跳得高，但你们中国人身上的集体精神，我们没有。"

有人说《夺冠》资金投入很少，许多场景就是剪辑一下就成，不需要搭景拍摄。但我觉得剪辑得还少了，应该把10次夺冠的精彩瞬间都复制过来，那样观众会更兴奋，也让不知道那段历史的年轻人了解那些辉煌，让知道那些历史的人再回顾辉煌时刻，让更多的人热血沸腾、泪流满面。

鼓舞士气的影片通过弘扬主旋律，激发国人的爱国主义、集体主义热情，鼓舞国人为实现中华民族伟大复兴的中国梦而奋斗拼搏。

所思

观《周恩来回延安》有感

　　前些天，媒体广泛报道《周恩来回延安》首映仪式在革命圣地延安举行。按照惯例，此片要在央视电影频道播出，少说也得一年半载，可没想到爱妻的闺密告诉她在红都志丹影院已经可以先睹为快了。

　　我们这些六〇后，对周总理多少有些记忆。怀着对总理的崇敬之情，我与爱妻带上女儿，冒雨奔赴影院，可还是来晚了一步，电影已开始放映。我急促地问爱妻几排几座，工作人员却大声地告诉我："没几个人，进去随便坐。"这让我倍感诧异。前不久，女儿整天嚷着要看动画片，我被逼着第一次走进影院，当时我觉得一张票挺贵，应该不会有多少人去消费，谁料想百余个座椅的放映大厅早已座

> 姿态

无虚席。最后在工作人员的劝说下,一个热心人抱起孩子才给我们空出两个位置。而今天,这部为纪念周恩来总理120周年诞辰和新中国成立70年献礼的大片,只有两个大人、3个小孩和我们一家三口享受包场之待遇,让我始料不及。我陷入深深的思索之中。

我们这代人对影院的记忆永远是1角5分就可以入座,2角钱便可观看宽银幕电影。如今60元一张电影票的动画片场场爆满,连续放映多日多场,票房收入要突破25亿元,真是想都不敢想。显然,人们把敬爱的周总理淡忘了,对鞠躬尽瘁为人民的他失敬了。如果诸多的红色历史在当代被遗忘,我们就成了叛逆者,成了历史的遗忘者,后果很严重。忘记历史就意味着背叛。

当爱妻泪流满面地看完影片,天真的女儿却问:"这个人又不是延安人,他回来干什么,你们又哭什么?"让我再次感到红色历史传承的重要性。如今到处都是红色培训、红色旅游,我们应当让孩子们从小了解红色历史,长大讲好红色故事,当好红色接班人。我记得我小时候就有这样的口号："要让红旗飘万代，重在教育下一代。"现在应当重提这样的号召了，它的重要性和紧迫性不言而喻。

传承历史更应该尊重历史的真实，对于有资料可鉴的必须普及教育，对无资料可查的不该随意杜撰，有照片为证的场景更应当如实还原。

也许你们会认为我是杞人忧天，过于苛刻。但你们学习之后，就会理解我们这代人对总理的感情。我们不容下一代遗忘历史、背叛历史，应当让我们的下一代了解真实的"总理回延安"，把"总理回延安"的美好记忆传承下去。只有这样才能告慰总理的在天之灵，让总理的光辉形象永驻人间。

姿态

再读《拿来主义》有感

前些日子的热播电视连续剧《奔腾年代》，说的是以常汉卿为代表的中国电力机车研发团队，在20世纪60年代初国家不够富裕、技术不够发达之际，历经内忧和外患、磨难和坎坷，终于制造出中国第一代完全自主知识产权的中国电力机车。后来他们的儿女研发出动车组和高铁，使这项技术至今保持在世界先进行列。

在剧中，面对唯苏联专家为标准的"洋务派"和坚持内燃机车发展的"保守派"，常汉卿多次提到鲁迅先生的"拿来主义"。他们就是通过始终坚持"拿来"这一信念和做法，攻坚克难，排除干扰，勇攀高峰，成就了伟大梦想，创出了伟大业绩。我被他们的精神和壮举所感动，为他们敢为人先、敢于担当而骄傲，更为鲁迅先生"拿来主义"的巨大影响力所折服。

兴奋之余，我翻箱倒柜，终于翻到一本《中国现当代文学作品选读》，急忙打开匆匆浏览，找到那篇《拿来主义》细细读来，感到熟悉而陌生。熟悉的是有些话语、词句似曾相识，陌生的是好多含义还得靠读注释去掌握，这大概是年龄大了，记忆力变差了的缘故吧。

阅读就是拿来主义的有效途径，是"占有""挑选"的过程，是人们理解、领悟、吸收、鉴赏、评价和探究、思索的过程。人们通过阅读拿来其精华为我所用，剔除其糟粕引以为鉴，正如鲁迅先生所言，"所以我们要运用脑髓，放出眼光，自己来拿"。

联想到工作生活，如果我们徘徊不定就是"犹豫"，如果我们视而不见就是"浑蛋"，如果我们束手无策则是"废物"。换而言之，就是对待工作和生活缺乏主动性、担当性和创造性。

眼下接踵而来的督查检查数不胜数、防不胜防，真是

> 姿态

应接不暇，但我还是觉得不应当产生怨言和怨气。有这些情绪的主要原因是我们没有主动地去完成各项工作，督查检查也是不得已而为之。督查检查的目的在于唤起我们的主动性，推动我们主动作为，提高我们的主动性。而追责问责是因为我们不去担当，不敢担当，不会担当，误了各项工作。

正如鲁迅先生说的："没有拿来的，人不能自成为新人；没有拿来的，文艺不能自成为新文艺。"这些年很少有大作让人称颂、引起轰动、让人津津乐道，反而是论文抄袭、学术成果剽窃，以及明星们的花边新闻等往往能引起巨大的轰动，大多数人不以此为耻，还在茶余饭后广泛传播，推波助澜，我很气愤。《拿来主义》里面讲道："几百年之后，我们当然就是化为魂灵，或上天堂，或落了地狱，但我们的子孙是在的，所以还应该给他们留下一点礼品。"我们总不能把这些糟粕留给他们吧？

我们有幸生于这个时代，更该主动作为于这个时代，担当奉献于这个时代，创造创新于这个时代。

所思

观"铭记伟大胜利 捍卫和平正义"记

小时候对抗美援朝的记忆只有歌中唱的"雄赳赳,气昂昂,跨过鸭绿江。保和平,卫祖国,就是保家乡";看了小人书《邱少云》《黄继光》《罗盛教》等,知道他们是值得我们学习的英雄榜样;看过《上甘岭》《英雄儿女》《奇袭白虎团》电影,知道了志愿军的英勇顽强;读完《东方》小说了解了一些抗美援朝的故事,特别是初中课文里的《谁是最可爱的人》给我留下了最深最美好的记忆。前些日子拜读《在历史巨人身边:师哲回忆录》,里面讲述了更多关于抗美援朝背后的故事,这促使我想更多地了解那辉煌的真实战事。

今年10月25日是中国人民志愿军抗美援朝出国作战70周年纪念日。习近平总书记在纪念大会上的讲话,引起了国内外广泛的热议,着实让国人扬眉吐气、热血沸腾,

> 姿态

再次激发起我对那段历史探寻的热情。于是我欣然前往首都去参观"铭记伟大胜利　捍卫和平正义——纪念中国人民志愿军抗美援朝出国作战70周年主题展览"。

中国人民革命军事博物馆位于北京天安门西长安街，2016年，我曾在那里参观了"英雄史诗　不朽丰碑——纪念中国工农红军长征胜利80周年主题展览"。我知道参观必须网上预约，于是将参观时间预约在周六下午。

主题展览以时间为脉络，设置"正义担当，决策出兵""运动歼敌，稳定战线""以打促谈，越战越强""实现停战，胜利归国""抗美援朝战争胜利的伟大意义和历史贡献"5个部分，以及"中国人民志愿军思想政治工作""后勤保障工作""伟大的抗美援朝运动""最可爱的人""不忘初心牢记使命永远奋斗"5个专题，展出照片542张，文物1600余件，其中一级文物81件，首次对外展出文物824件。

我随着人流慢慢挪动，观看着一件件珍贵的物品，听着讲解员声情并茂的讲述，让我对那场战争真正有了全面的了解和领悟。展厅的核心区镌刻着伟大的抗美援朝精神："祖国和人民的利益高于一切，为了祖国和民族的尊严而奋

> 所思

不顾身的爱国主义精神；不畏艰难困苦，始终保持高昂士气的革命乐观主义精神；为完成祖国和人民赋予的使命，慷慨奉献自己一切的革命忠诚精神；为了人类和平与正义事业而奋斗的国际主义精神。"

细细品鉴，这伟大的抗美援朝精神跨越时空，历久弥新，我们应当永世传承，世代发扬。正如习总书记所言："无论时代如何发展，我们都要砥砺不畏强暴、反抗强权的民族风骨。无论时代如何发展，我们都要汇聚万众一心、勠力同心的民族力量。无论时代如何发展，我们都要锻造舍生忘死、向死而生的民族血性。无论时代如何发展，我们都要激发守正创新、奋勇向前的民族智慧。"

站在"两个一百年"奋斗目标的历史交汇点上，我们更应该弘扬伟大的抗美援朝精神，雄赳赳，气昂昂，向着全面建设社会主义现代化国家新征程，向着实现中华民族伟大复兴的中国梦，继续奋勇前进。

这些令人振聋发聩的警世宣言，促使我们这一代人应该向最可爱的人一样，为我们最可爱的祖国做些什么。我们有幸生于这个时代，更应该有为于这个时代。

> 姿态

位卑未敢忘忧国

近日,由张艺谋导演的《金陵十三钗》在全国各地公映。我们知道12月13日是南京大屠杀死难者国家公祭日,张导选择12月16日上映,可能这天就是发生"金陵十三钗"的壮举。故事讲述了12名风尘女子和1个男扮女装的学童,替代13名教会学校女生参加日本人举办的有去无回的"庆功会"。说实话,我真是饱含着泪水看完这部大片,怀着极其沉重的心情走出影院的。有几句话我这些天一直压抑着,让我难受不已,不得不说出来。

当影片中的一些让人恨得咬牙切齿的镜头出现时,影院里却出现笑声,着实让我喘不过气,这让我想起了鲁迅先生的名篇《药》。当我们的一位革命党人被杀害，我们的劳苦大众没有感到悲哀，而是抢先争馒头蘸革命党人的热血，吃以期治病。"原来你家小栓碰到这样的好运气了。这病自然一定全好；怪不得老栓整天的笑着呢。"这就是辛亥革命时期国民的心态和素质。我觉得今天，在影院里的笑声与《药》中的行为，没有两样，着实让人气愤和害怕。

我还想说一件让我高兴和振奋的事。我想大伙都看过《举起手来》（一、二），为什么这两部影片让人百看不厌？我觉得大家的掌声是最好的回答。我们可以断言，爱国主义思想我们还是有的，我们需要的是更加巩固和深化。

爱国主义是中华民族最深厚的思想传统，最能感召中华儿女团结奋斗的精神；改革创新是当代中国最鲜明的时代特征，最能激励中华儿女锐意进取的意志。弘扬以爱国主义为核心的民族精神和以改革创新为核心的时代精神，要广泛开展民族精神教育，大力弘扬爱国主义、集体主义、社会主义思想，增强民族自尊心、自信心、自豪感，激励人民把爱国热情化作振兴中华的实际行动，以热爱祖国和

> 姿态

贡献自己全部力量建设祖国为最大光荣，以损害祖国利益和尊严为最大耻辱。广泛开展时代精神教育，引导干部群众始终保持与时俱进、开拓创新的精神状态，永不自满，永不僵化，永不停滞，以不断解放思想推动事业持续发展。大力弘扬一切有利于国家富强、民族振兴、人民幸福、社会和谐的思想和精神，大力发扬艰苦奋斗、劳动光荣、勤俭节约的优良传统。加强民族团结进步教育，增进对伟大祖国和中华民族的认同，促进各民族共同团结奋斗、繁荣发展。加强爱国主义教育基地建设，用好红色旅游资源，使之成为弘扬培育民族精神和时代精神的重要课堂。从现在做起，爱我中华，爱我祖国。行动吧，优秀的中华儿女，为中华民族的伟大复兴，贡献我们的力量吧！

所思

感悟《"人"证》

　　好久没有这种感觉了——读到一篇脍炙人口的绝妙文章时热血沸腾、拍案叫绝、赞不绝口。

　　近日，在整理家里随处丢弃的书籍时，发现一本2005年第22期的《读者》杂志。随手一翻，里面一篇由郁青撰写的《"人"证》，让我又找回了那种久违的感觉。我不知道这本《读者》是否是我购买的，如果说是，那当时我怎没有这种感觉出现？我想肯定是那时这篇文章只从我眼角滑过，让我与之失之交臂了。但今天我一定要把这一回味无穷的感觉说出来、写下来。

　　《"人"证》的故事梗概是这样的：一个为私人工地干活的中年农民工脚掌被机器轧掉一半之后，老板跑了。因

姿态

农民工没有当地的户口，当地不给办理残疾证明，几个同乡只凑了够买半价火车票的钱，送他回家乡。由于没有残疾证，他只好买了一张儿童票，被"很漂亮的女列车员"查出。农民工百般解释，原文还写道：他只是轻轻把鞋子脱下，又将裤褪挽了起来——他只有半个脚掌。

但这时列车员只是斜眼看了看说："我要看的是证件！是上面印有'残疾证'3个字的本本。"更可气的是列车长连看都没看，便不耐烦地说："我们只认证不认人！"

反转则是让人叫绝。对面一个老同志看不惯了，他站起来，盯着列车长的眼睛说："你是不是男人？你用什么证明你是男人？把你的男人证拿出来给大家看看！我和你一样，只认证不认人，有男人证就是男人，没有男人证就不是男人！"更让人拍案的是那个女列车员站出来替列车长解围，她对老同志说："我不是男人，你有什么话跟我说好了。"老同志指着她的鼻子说："你根本就不是人！"列车员一下暴跳如雷，尖声叫道："你嘴巴干净点！你说，我不是人是什么？"老同志冷静却狡黠地笑了笑说："你是人？那

> 所思

好，把你的'人'证拿出来看看……"

看完这个故事，我首先想的是，教条主义是我们建设创新国家征程中的一个顽症。还有当我们对一些新思路、新举措、新方法不能接受时，既不去调查研究，又不让其顺势发展，而是在那里埋怨、嘲讽，甚至是压制和阻挠，这不也是形而上学主义在作怪、作乱吗？

教条主义是我们这个社会的一大毒瘤。就因为中年农民工没有当地户口便不给办理残疾证明，并未考虑其现实情况，你说这不是教条主义是什么？这里，我想起牛群的相声《小偷公司》，虽说是艺术作品，不免有虚构的成分，但那一定是来源于生活的。在现实中，我的一位同事就有过这样的感受，他把在办一件事情过程中所经历的艰辛浓缩成这样一句话："像咱们这些部门办一件事都这么难，那平民百姓要办的话，一定比上天还难。"这句朴实的话告诉我们，"门难进、脸难看、话难说、事难办"绝不仅是文字，在有些地方是实实在在的事实。

在构建和谐社会过程中，人们失去同情心是可怕的。

> 姿态

我敢说，如果那个中年农民工是列车长和列车员的亲人，他们绝不会做出"让他去车头铲煤，算作义务劳动"的决定。还有那几句"周围的人一下笑起来""四周的人再一次哄笑起来"的话语，折射出众多人只是笑而没有人站出来说的现实。现实中这样的事也可以说是屡见不鲜，而我们能够做的是：看到保洁员的辛劳，我们不要丢弃杂物，或随手捡起一片废纸、一个烟头扔入垃圾桶；看到有人破坏公物，我们就应当大声去制止；看到有人有困难，我们应当帮他一把。

无须再多的感悟，只要我们能把以上感悟化作行动和现实，文明和谐之花必将开遍红都大地。

所思

读《决定命运的成绩单》有感

为了缓解这些天来的心理压力,要好的朋友邀我赴宴并唱歌,但无精打采的我辜负了他们的好意,影响了他们的兴致。爱我的家人试图用家的温暖和可口的佳肴为我调节,我的沉默寡言却让家人的食欲荡然无存。我强打起精神,匆匆用完"食之无味"的佳肴,信步来到楼下的教育书店,顺手拿起一本《读者》杂志,一篇文章拴住了我的双眼,我那跳动的心变了频率,沉寂的大脑开始了思考。

一个叫格非的年轻学子,在1980年夏天高考大比中名落孙山,母亲决意让他去学木匠手艺。就在他灰了心,要去当木匠学徒的时候,一个镇上的小学老师敲开他的家门,劈头就说:"你想不想读谏壁中学?"

| 姿态 |

那是当地最好的中学,但语文、数学考试成绩必须达到60分……

谏壁中学要求他到丹徒的文教局开一份自己的成绩单,在今天下班之前递交。到了文教局正好已是下班时间,传达室老头不让进去,问他:"小鬼,你有什么事?"就在他准备掉头回去时,往外走的一男一女叫住了他。他说明来意,那男的说:"下班了,明天再来吧。"而女的则说:"我们还是帮他补办一下吧,反正也不耽误时间。"当听到格非说"我一定要读这补习班,去考大学"时,两人商量了后,最终按格非的意思开了成绩单,加盖了文教局公章。格非第二年考取了上海华东师范大学。"对我而言,生活实在是太奇妙了,它是由无数的偶然构成的。你永远无法想象,会有什么人出现,前来帮助你。"格非最后感慨道。

文章说明决定格非命运的是那"一男一女"开出的成绩单,而我却认为决定格非命运的首先是他自己,其次才是那"成绩单"。

有位哲人说过,命是失败者的借口,运是成功者的谦逊。如果格非认命，或许也能成为一名手艺不错的木匠。现实中我们听过的关于命与运的话语再多不过：有人生活不顺意，说"咱就这个命"；有人生意做赔了，就说"咱就没有那挣钱的命"；有人发财了，一定会说"咱时来运转，让咱碰上了"；有人平步青云，仕途步步登高，则会说"抓住了机遇"。

但我更想说的是，每个人都是自己命运的主宰，如果一味地认命必将一事无成，一味地靠运必将重蹈守株待兔的覆辙。唯物辩证法早就告诉我们，内因是基础，外因是条件，内因决定外因。因此，我们靠相信命运去做事做人，必将被时代所淘汰，被命运所捉弄。我们应当相信自己，不要让他人再说我们年轻无知，要让他人说我们行。

拥有信心并勇往直前对人至关重要。不妨做出些假设，如果格非按母亲的安排去学木匠手艺，如果听看门老头的话没有进去，如果当听从了男工作人员的"下班了，明天再来吧"……格非在任何一个环节失去为自己努力一把的信心，他的命运都会改写。但他没有放弃"我一定要读这

> 姿态

个补习班，去考大学"这个信念，他充满了信心。

巴尔扎克说过："发明家全靠一股了不起的信心支持，才有勇气在不可知的天地中前进。"马尔顿也说过："坚强的信心，能使平凡的人做出惊天的事业。"

信心与坚持对于你、对于我都是至关重要的，如果谁失去了信心与坚持，必将失去一切。

所思

只有擦亮自己　才能照亮别人

　　镜子是再普通不过的生活用品。无论是圆的、方的、多角的还是多棱的，都不影响镜子的本质——只有擦亮自己，才能照亮别人。

　　中华民族自古就有使用镜子的记载，将其作为正人正己、正行为的工具。随着科技进步，人们为看清远方的物体，发明了望远镜；人们为看清小的东西及肉眼无法看到的东西，便有了放大镜、显微镜。

　　眼下镜子随处可见。机关办公楼里装有正容镜、仪容镜；厂矿企业里有测试镜、仪表镜；家里、宿舍有化妆镜、装饰镜；爱美的女人手提袋里有小巧玲珑的补妆镜，臭美的男人看到镜子也总是要照一照、看一看。

> 姿态

至于文学作品中关于镜子的描述也比比皆是，只是留在人们记忆中的则少得很。《战国策·邹忌讽齐王纳谏》中提到过镜子；另外还有人们不愿提及的就是镜子坏方面的记载，《红楼梦》中贾瑞为风月宝鉴而送命。

这里我要说的镜子，是被一代伟人毛泽东誉为共产党人自身的明镜的开国大将许光达。

1955年为开国将领授衔时，当许光达得知自己被授予大将军衔时，向毛主席和各位副主席提出"降衔申请"。他这样表示："授我以大将衔的消息，我已获悉。这些天，此事小槌似的不停地敲击心鼓，我感谢主席和军委领导对我的高度器重。高兴之余，惶惶难安，我扪心自问：论德、才、资、功，我佩戴四星，心安神静吗……在中国革命的事业中，我究竟为党为人民做了些什么……我对中国革命的贡献，实事求是地说，是微不足道的……"

当我认真读完这则情真意切、充满共产党人高尚情操和优秀品质的"降衔申请"，我为许光达将军的高风亮节、淡泊名利、光明磊落所震撼；为老一辈无产阶级革命家公

> 所思

而忘私、不计较个人得失而感动；也为自己的孤陋寡闻而悔恨；更为我们一些党员领导干部不珍惜这一来之不易的大好形势，不能认真反思、正确对待自己而羞愧；为那些只贪图享受、追求名利的党员领导干部而担忧；对那些不讲党性、不重品行，为了个人私利和宦途升迁，热衷于捞资本、做虚功、拉关系、搞逢迎，把心思和精力都放在"造势"和"谋官"上的人而愤恨。

作为一名党的纪律工作者，应当像镜子一样，擦亮自己，照亮别人，认真履行党章赋予的职责，按照中纪委《2008—2012年工作规划》的要求，认真落实教育、制度、监督、改革、纠风、惩处工作任务，紧紧围绕奋力打造生态大县、文化名县、经济强县，建设富裕文明和经济志丹的奋斗目标，按照"标本兼治、注重预防、惩防并举、综合治理"的要求，端正执政之风，做以身倡廉的表率。

人因寡欲常颜好，官因清廉梦亦闲。风清才能气正，反腐倡廉就要始终保持良好的作风。要敢于唱廉政、颂廉政，勇于同不廉政的行为做斗争，扛起反腐倡廉的大旗。

姿态

要保持勤俭节约的作风，牢记成由谦逊败由奢的古训，耐得住清贫。要认识到高消费、大支出势必引发贪公肥私、损人利己，不攀比"大腕"，不效仿"大款"，不利用公款挥霍、讲排场、比阔气，不追求灯红酒绿、腐朽糜烂的生活。要以俭为本，以俭防奢，始终保持艰苦奋斗的政治品德。要保持求真务实的作风，说实话，办实事，求实效，脚踏实地，埋头苦干。要立志做大事，不立志做大官。要保持良好的工作作风，不摆花架子，不沽名钓誉、弄虚作假，要有"衙斋卧听萧萧竹，疑是民间疾苦声"的觉悟，多调查研究、体察民情，干群众所想所盼之事，树立以身倡廉的良好形象。

常怀自律之心，坚持以慎促廉。物必自腐，而后虫生。要抵御腐朽思想、作风的侵蚀，必须筑起廉洁自律的防线。要常常律慎独，处处自省以慎权，时时自警以慎微，刻刻自励以慎欲。要把管住自己、严守清廉作为一种情操、一种境界，把毫不利己专门利人作为追求和基本操守，把组织监督、群众监督作为一种爱护、一种信任。要虚心接受来自各方面的批评与建议，以促进集思广益，取长补短，克服缺点，减少错误。

要管住自己的嘴，不该吃的不吃，不该喝的不喝，让肠胃始终"清廉"；要管住自己的手，不该拿的不拿，不该要的不要，不搬起石头砸自己的脚；要管住自己的腿，不该去的地方不去，不该玩的不玩，不用公款旅游，不深陷泥潭，以清风书廉曲，使自己成为一名素养高、能力强、作风硬、群众公认的好干部。

总之，作为一名志丹人，我们应当倍加珍惜来之不易的大好形势，继续营造"不让扎实干事的老实人吃亏，不使投机钻营者得利"的干事创业环境。要以雷厉风行、闻风而动、说干就干、一抓到底、抓出成效的作风，为红都率先实现跨越发展，做出我们应有的贡献。

姿态

癸卯随感

　　3年风雨，让我们错过了许多。3年里所有的记忆停留在昨天，一切的一切终于过去了。有人说今年是"双兔"年，因为有两个立春在同一年里。今年正月，金兔、玉兔蹦蹦跳跳地向我们走来。时逢盛会闭幕，预示着中国继续昂首阔步在新时代的春风里。人们欢度新春佳节的热情年年相似，"丰年留客足鸡豚"的场景必不可少。

　　3年没有团聚的家人啊，今天，我们终于欢聚在西安。大年初一，拍全家福便成为主题。热情的摄影师看到我们这个和谐美满的家庭，便赠送了我们拜年小视频的拍摄和制作。正好，把它发给了亲朋好友。也许是独特新颖的拜年贺岁方式和我们真心真意的祝福，拜年小视频引来诸多赞

| 所思 |

誉。不满5岁的小孙子双手抱拳,合着我们祝福的节拍作揖哈腰,姿势让人大笑不已。真不敢相信,那几句绕口的祝福语,年幼的他竟然全都记下,还能无差错地说出来,着实为新春增添了喜庆和快乐。

天有不测风云,人有旦夕祸福。寿长99岁的妻外公坚强挺过了壬寅年关,于大年初二仙逝于榆林。我们匆匆订好机票,搭乘航班飞往榆林奔丧。虽说老人离世是一件悲伤之事,但妻外公年近百岁的高寿实属罕见,自然成为喜丧。家人和亲朋悲痛之余欣慰老人的高福高寿,葬礼仅两天,老人家便入土为安。

我父母离世之后,兄弟姐妹便不再把回陕北过年当作必修课,也应证了那句老话:父母在,家在;父母去,各自为家。原来的家人便成了亲戚。不过,今年是我移居西安后的第一个春节,远在银川的二姐和弟弟一家来到了我这里,可谓喜气盈门。他们的到来既是欢度新春,又是祝贺我们乔迁。当然,他们来一趟西安,大唐芙蓉园、大唐不夜城、西安城墙等也被列入游玩的行程。

有人说"中国年看西安",此话不假,西安的年味太浓

> 姿态

了。今年的烟花也成为欢庆的重要节目。难以想象，占地1000亩的大唐芙蓉园，接待游客每天突破40万，其他各景点门票销售比往日的5倍还多。难怪有人感慨"出门寸步难移，尽看后脑勺"。不过，热情好客的西安人为外地游客主动"让时、让景、让行"，默默争做热情文明东道主。为防止意外，官方取消了一些表演；重点防范地区乘地铁都无需扫乘车码，直接上地铁，在出站处补办票务。这些举措，有效地防止拥挤踩踏事件的发生，真为这人性化的管理点赞叫好。

时间过得真快，转眼到了初七。传说这是女娲娘娘造出人的日子，也叫"人七日"。在我的老家，今天为"小年"，自然需精心准备一番。去年新婚的侄女和侄女婿按照陕北的风俗前来拜年，为癸卯小年增添了人气和欢乐。上班族们又是一年春来早，为吃饭去挣钱了。而我们这些"能吃饭就挣钱"的主，又回到往常的岁月中，一切都那么自然、有序。忽然想起这些天被炒得火热的电影《满江红》，我想不出这部电影与岳飞的《满江红》会有什么样的联系。有人说，这部电影看哭了是情怀，看笑了是情绪；有人说悬疑管够，笑到最后……这些话让我疑虑重重。而且，网络上的影片相关

所思

视频片段吸引了我，看来，我必须走进电影院探个究竟。

遥想年少时的电影院，是人们少有的休闲娱乐的场所，也是人们了解外面世界的渠道和收集谈资的窗口，更是人们奢侈消费的地方。刚参加工作的我每天工资能挣1元钱，而电影票一张就要两毛五，真是不小的开支。40年后，我每天能挣200元，电影票50元一张，看起来很贵，其实和过去一样，但已不是高消费的场所——是年轻人的乐园。50元对于我们就是一天的生活费，但为解疑惑，我与家人走进了久别的电影院。

我们去时电影已开演，影片的局中局让我看的是一头雾水，直到最后才恍然大悟，为之喝彩。这是一部崇尚英雄、歌颂英雄的佳片力作，通过一个个人物的前赴后继、舍生取义，展现对岳飞的敬仰，诠释了民族气节、家国情怀。可歌可泣，让人心潮澎湃，热血沸腾。

电影看完，已然接近初七的尾声。回家的路上，我看着陪伴在身边的家人，想着这7天的种种。年年岁岁花相似，岁岁年年人不同，时间驾着马车从我的心头走过，它驶过的路留下了行行车辙。虽然时间总是在我们不经意间悄无声息

> 姿态

地流逝，但它留给我们的记忆是永恒的。它给我们的心刻印下家人团聚的幸福、亲人离去的悲伤……我想，以后我会更加珍惜与家人相处的时光。

年，就这样轰轰烈烈而来，悄无声息而去，它充实了记忆，苍老了容颜；送走了寒冷，迎来了春天。

愿大家在新的一年中幸福安康。

跋　文

2021年，在这个大事多、喜事盛之年，我们的党迎来了百年华诞，我们的国迎来了"十四五"开局起步，而我，则等来了"荣归故里"。闲来无事，我整理书柜偶翻得积压柜底的《姿态》文集样本，便引发了重出文集的想法。

8年前，通过省美协副主席、著名画家万鼎先生力荐，著名作家高建群为鄙人作序；著名雕塑家王天任先生欣然命笔，为这部文集题写书名；美院教授王展夫妇为我作书祯，画插图；县文联副主席肖志远同志编目录，想书名。真让我受宠若惊。

《姿态》文集印制而成，但因特殊原因，我将文集仅留一样本深藏柜底。这本文集今日的重现，令我觉得与文学缘分未尽，便将想出书的想法说与志远先生。志远先生随即与太白文艺出版社联系，便有了这本文集"重见天日"之事。

细心的看官不难看出，文集中文章多为2012年前的作品。的确如此，随着工作岗位的调整，我忙得不可开交，上班排班、加夜班让我无暇顾及文学创作，能静下心来写出的东西少得可怜。工作汇报、理论讲稿、表态发言、心得体会，这些我写得多如牛毛，本想一并装入文集，又觉得不伦不类，这么做可能会把文集搞成杂货铺了。

我本一俗人，从志丹"最高学府"志丹县中学毕业后，便走进工商行政管理队伍，确属一"无舞文之才"的高中生，但偏有把一些让我感动和思索的东西写下来的爱好。所以在前些年，有闲暇之际，写过一些文学"豆腐块"。如今眼看要忘得一干二净，才抓紧将其收录成册。一则为不远的将来我步入退休行列后有事可干提醒，二则不想在退休后变成无所事事的"酒鬼"或"赌鬼"，算是给自己敲个警钟。

细细想来，现在我写的东西还有些值得回味的地方。早年间的创作之路让我受尽打击，几篇呕心沥血、满腔热情写的文章或石沉大海杳无音信，或发表之路坎坷。从此以后好几年我有点心灰意冷，再也找不到灵感，提不起积极性。

直到创建"文化名县"那年，又逢刘志丹将军100周年诞辰，我与志丹县文联共处一层楼办公，文联要出版关于刘志丹的文章，需一篇记载志丹陵的文章，我便毛遂自荐，写出《再谒志丹陵》。从那时起，也许是受到环境的影响，我七拼八凑，写出一些东西，也就是今天成册的文集。后来文联搬走了，我也调离了，再加上工作忙，写出的东西也就少得可怜了，能拾到篮篮里的也就这么多了。

现在好了，我将有更多的时间游历绿水青山、名胜古迹，有更多的时间拜读古今中外的名著佳作，有更多的时间静思夜想、拙笔耕耘，力争在有生之年再拾满一篮篮"豆腐块"。

2021年8月27日